狄吉尼斯·阿克里特

混血的边境之王

〔拜占庭〕佚名 著

刘建军 译

北京大学出版社

图书在版编目(CIP)数据

狄吉尼斯·阿克里特：混血的边境之王/(拜占庭)佚名著；刘建军译．—北京：北京大学出版社，2017.8
ISBN 978-7-301-28596-1

Ⅰ．①狄… Ⅱ．①佚…②刘… Ⅲ．①史诗—拜占庭帝国 Ⅳ．①I12

中国版本图书馆CIP数据核字(2017)第203571号

书　　名	狄吉尼斯·阿克里特：混血的边境之王 DIJINISI·AKELITE：HUNXUE DE BIANJING ZHI WANG
著作责任者	〔拜占庭〕佚　名　著　刘建军　译
责任编辑	朱丽娜
标准书号	ISBN 978-7-301-28596-1
出版发行	北京大学出版社
地　　址	北京市海淀区成府路205号　100871
网　　址	http://www.pup.cn　　新浪微博：@北京大学出版社
电子信箱	zln0120@163.com
电　　话	邮购部 62752015　发行部 62750672　编辑部 62759634
印 刷 者	北京中科印刷有限公司
经 销 者	新华书店
	880毫米×1230毫米　A5　7.5印张　200千字 2017年8月第1版　2019年5月第2次印刷
定　　价	42.00元

未经许可，不得以任何方式复制或抄袭本书之部分或全部内容。
版权所有，侵权必究
举报电话：010-62752024　电子信箱：fd@pup.pku.edu.cn
图书如有印装质量问题，请与出版部联系，电话：010-62756370

目　录

译者前言　　　　　　　　　　　　　　　　　　1
献　诗　　　　　　　　　　　　　　　　　　　1
第一卷　可爱的女人如何征服了埃米尔　　　　　1
第二卷　关于边境之王的出生　　　　　　　　　19
第三卷　埃米尔带着他的妈妈从叙利亚返回　　　35
第四卷　边境之王的生活及其他　　　　　　　　53
第五卷　被遗弃的新娘　　　　　　　　　　　　101
第六卷　野兽、不法之徒和一个亚马逊女战士的挑战　117
第七卷　他在幼发拉底河畔生活状况　　　　　　157
第八卷　边境之王的结局　　　　　　　　　　　171
附录一　巴西勒妈妈的故事　　　　　　　　　　187
附录二　对费洛帕波斯的一次访问　　　　　　　201
译名对照表　　　　　　　　　　　　　　　　　205
后　记　　　　　　　　　　　　　　　　　　　209

译者前言

《狄吉尼斯·阿克里特:混血的边境之王》(以下简称《狄吉尼斯·阿克里特》)是中期拜占庭马其顿王朝统治下形成的一部史诗,也是拜占庭文学中成就最高的作品之一。按西方研究者的话来说,这是中世纪欧洲与《罗兰之歌》《熙德之歌》《尼伯龙根之歌》等齐名的史诗作品。

一、关于史诗产生的时代背景

据史学家考证,这部史诗最早出现在君士坦丁九世(1042 年至 1055 年在位)统治时期。史诗故事的情节主要发生在 9 世纪下半叶到 10 世纪的上半叶的拜占庭帝国东部边境地区,有些故事的地点发生在小亚细亚的布鲁斯山脉和幼发拉底河区域。作为拜占庭帝国历史上最辉煌人物之一的瓦西里(有学者将其翻译成巴西勒、巴兹尔等)一世和瓦西里二世时代,无疑为英雄史诗《狄吉尼斯·阿克里特》提供了丰富的素材和创作氛围。因此,史诗《狄吉尼斯·阿克里特》集中反映了那一时期拜占庭帝国的社会历史文化情况。

对此，B.巴瑞1923年出版的《剑桥中世纪史》第一卷第四章有过介绍。J.M.荷西编辑的《拜占庭帝国》1969年版本的第二部分，其中3，4，11，20，27，28和30章也与此有关。卡尔·克鲁姆巴切尔和弗兰兹·谢拉德的《君士坦丁堡：神圣之城图解》（伦敦：牛津大学1955年版）中的《希腊文学：拜占庭》也给我们最出色地描绘了这些诗歌环境的氛围。

我们知道，拜占庭帝国自诞生之日起，就饱受战火的洗礼。由于帝国的疆域变化频繁（这是拜占庭帝国的特点），使其长期处在内忧外患之中。例如，在公元3世纪的时候，哥特人开始袭扰帝国边境长达数百年。此外，阿兰人、匈奴人也相继侵入边境，抢劫边境居民。查士丁尼一世（全名为弗拉维·伯多禄·塞巴提乌斯·查士丁尼，约483—565），发动了一系列的对外战争，如"汪达尔战争""哥特战争""波斯战争"等，使其疆域第一次扩大到超过200万平方公里，重建罗马帝国的抱负得以实现。然而，在他逝世后，帝国内部政变不断，外敌频繁入侵，拜占庭相继受到斯拉夫人、阿瓦尔人、波斯人、阿拉伯人、伦巴底人等周边民族的围攻。到了7世纪末，帝国北部的保加利亚人成为巴尔干半岛的强国，经常与拜占庭军队发生冲突。这一切使帝国的疆域急剧缩小，在8—9世纪时帝国的面积缩减到只有60多万平方公里。

马其顿王朝（867—1056）是拜占庭历史上的又一个黄金时代。在迈克尔三世（856—867在位）统治后期，驯马奴隶出身的瓦西里（Basil）夺取了皇位，建立了强大的马其顿王朝。瓦西里一世（867—886在位）虽然出身低微，但有超人的军事政治才能。在他的治理下，帝国不仅平定了内乱，而且还在与北方保加利亚以及佩彻涅格人和罗斯人的征战中，取得了一系列辉煌的胜利。他不仅收复了不久前被阿拉伯人占领的南意大利领土，恢复了对意大利全境的统治,而且与强敌保加利亚王国保持了相当长一个时期的和平。他死后,经过多次的王位更迭,在公元10世纪后期和11世纪初,瓦西里二世(BasilⅡ,963—1025年在位)统治时,不仅成功地镇压了小亚细亚军事贵族的叛乱,而且还吞并了亚美尼亚,妥善地处理了与俄罗斯人、佩彻涅格人和西欧人的关系,并灭亡了保加利亚第一王国,使其成为拜占庭的一个省;在西亚、北非以及东地中海,他也都取得了对阿拉伯人斗争的胜利。此时的拜占庭帝国再次恢复了强盛,帝国疆域扩大到130多万平方公里,国土面积仅次于查士丁尼时代。"公元1025年的拜占庭明显比公元780年时面积更大、国力更强、更加富有。……经济发达,国泰民安,他们忠诚于马其顿王朝和东正教会各阶层,在几乎所有的领域,这个古老的帝国都已重新获得了活力。"①有些学者也把这个时期称为"复兴与胜利"的时代,是拜占庭历史文化发展的"第二个黄金时代"。总之,这一时期,是拜占庭历史上为数不多的强盛与稳定阶段,社会经济和文化都有了一定程度的发展。

　　这种现实,导致了拜占庭人此时一种独特的时代情绪的形成。一方面,长期以来,拜占庭人一直认为自己是正统基督教信仰的保护者和文明世界的中心,而且也是希腊罗马文化正统延续传承者,骨子里有一种正统宗教情结和民族文化的自豪感。因此,此时帝国疆域的再次扩大和社会重新焕发出的活力,导致了拜占庭人的民族优越感和自豪感的进一步增强。另一方面,自查士丁尼之后拜占庭帝国长期的内乱外患,遭受外族入侵以及各种各样的边境匪帮、境内歹徒的不断抢掠,人们强烈地厌恶这样动荡的社会现

---

① [美]沃伦·特里高德:《拜占庭简史》。崔艳红译,上海人民出版社2008年版,第124页。

实。拜占庭帝国的再次复兴,也使人民渴望长久生活安定的强烈愿望萌发。这两种情绪叠加在一起,马其顿王朝时期的典型时代情绪就出现了,即希望在政治强人治理下长治久安。史诗《狄吉尼斯·阿克里特》基本就是在马其顿王朝这样的历史文化背景下产生的。

但这种安定和发展的局面持续的时间非常短暂。瓦西里二世的去世被看成是拜占庭帝国由盛而衰的转折点。帝国又很快就陷入混乱。在内部,各种势力纷争严酷血腥,帝国皇帝走马灯似的替换;在外部,帝国则承受着东西北三方面的军事压力:在帝国的东方,塞尔柱突厥人向两河地区渗透;在帝国西部,面临来自西欧的诺曼人在意大利的扩张;在帝国的北方,斯拉夫人、保加利亚人和塞尔维亚人威胁着巴尔干半岛。尤其是西欧对拜占庭帝国进行的持续二百多年的八次十字军东征,使得帝国处于风雨飘摇之中。尤其是在第四次十字军东侵时,帝国备受凌辱,首都君士坦丁堡被十字军攻克。西方十字军以君士坦丁堡为中心建立了拉丁帝国。帕列奥列格王朝(1261—1453)统治的后期,帝国在与周围强国的艰苦斗争中苟延残喘,直至 1453 年奥斯曼土耳其人攻克君士坦丁堡,千年帝国寿终正寝。

二、史诗故事的基本文化要素

《狄吉尼斯·阿克里特》这部史诗之所以具有独特的价值,就在于它体现了拜占庭文明独特的文化要素。在《狄吉尼斯·阿克里特》这部史诗中,我们明显地可以看到有三种文化要素的存在。

第一种是基督教文化要素。拜占庭帝国(395—1453)即东罗马帝国,是一个信奉基督教的帝制国家。拜占庭人确信基督教是帝国的立国之本。从罗马帝国时代起,帝国东部的基督教神学就受到犹太教神学和古典希腊哲学的影响。公元325年5月25日至8月25日,在东罗马的尼西亚召开了第一次宗教会议(尼西亚宗教会议),确立了拜占庭基督教的基本信条,即《尼西亚信经》。此后,相继举行了四次宗教大会(在381年举行的君士坦丁堡宗教会议、431年的以弗所宗教会议、451年的查尔西顿宗教会议、553年的君士坦丁堡宗教会议),进一步确立了基督教的国教地位。君士坦丁堡(今伊斯坦布尔)的教区地位不仅得到确认,而且在基督教五大教区中成为仅次于罗马的教区。公元787年在尼西亚召开的第七次宗教会议上,阐释了圣像崇拜和偶像崇拜的区别,拜占庭基督教会的神学体系至此正式确定下来,以后再也没有发生重大变动。这一派宗教后来发展为东正教,即东方正教(也称希腊正教)。直到1054年,东正教与天主教彻底决裂。

  从这部史诗中可以看到,基督教文化因素始终是占据主导地位的。在史诗开篇的情节中,就有着对基督教上帝和圣徒的热情讴歌。更重要的是,史诗的作者们极为强调基督教对异邦人或异教徒的教化作用。例如,史诗的前三章就讲到,主人公狄吉尼斯·阿克里特的父亲是阿拉伯某个部族的"埃米尔",本是个狂傲不羁、凶狠残暴的异教徒,是当时罗马人的劲敌和血腥的屠杀者。但就是这样一个杀人如麻的屠夫,却最终皈依了基督教。作品写到,一次,他在率众洗劫拜占庭首都君士坦丁堡近郊的罗马要塞时,掳走了罗马将军的女儿,并爱上她。女孩的五位哥哥从母亲的信中得知真相,遂赶往叙利亚解救妹妹。通过抽签决定,由最年幼的弟弟君士坦丁与之决斗。埃米尔佯装被打败,坦言自己爱上了那个女孩,请求女孩的兄长们允许其婚事,并以皈依基督教和归顺罗马为条件。最终,埃米尔如愿以偿,改宗换教成了一个虔诚的基督教徒。表面上看,这里是爱情起了作用,但从后面的情节看,是基督教的教义使他擦亮了眼睛,明辨了是非。由此联想到拜占庭帝国的创立者亚历山大大帝某一天在梦中受到上帝启示,获得了大战的胜利,从而改信了基督教的传说,两者简直有异曲同工之妙。这里作者所宣扬的是上帝教化异教徒的伟力。埃米尔由于皈依了基督教,所以才能婚后与爱妻过着甜美幸福而又安定的生活。不仅自己改变了信仰,而且在他的劝说下(或者说在基督教思想的教化下),同是异教徒的母亲和他的族人们也皈依了基督教,并与之回到罗马接受洗礼。而他们的儿子、混血的边境之王狄吉尼斯·阿克里特所建立的各种功勋,也是在他对上帝的坚定信奉中实现的。每当大战前夕,都是上帝赋予他力量和必胜的信念。"荣耀归于你,上帝,一切都是你赐予,你那最高秩序中蕴含的智慧无法言传。"像这样的诗句,在史诗中比比皆是。同样,在诗作中,其他任何"奇迹",都被看成是顺从了上帝的意愿的结果。这一点,也是极为醒目的。因此,可以说,这部史诗,首先是一部基督教文化的赞歌。

第二种是古代希腊的文化要素。拜占庭文化是在对古希腊文明的继承中发展起来的。从某种意义上说,拜占庭文明就是古希腊文明的中世纪化。但与古代希腊文明的中心在雅典不同,中世纪的希腊文明是以君士坦丁堡与亚历山大里亚为中心形成的。在这个文明传统中,作为希腊哲学和犹太教混合物的思想在斐洛学说中达到顶点。尤其是具有神秘色彩的新柏拉图主义和普拉提诺与坡菲力的学说混合在一起,形成了拜占庭文明的特色。不仅在文化学理上,就是在实际的文学活动中,希腊文明也一直影响着拜占庭文化。拜占庭文学(尤其是早期的文学)几乎全部都是用从荷马到悲剧诗使用的希腊语写成的。这一现象甚至持续到帝国的末期。据史料记载,在拜占庭的作家中,至少在受过高级教育作家的写作实践中,古典希腊文学的因素具有支配地位。以《狄吉尼斯·阿克里特》为例,其中不仅包含着大量的古希腊人的思想意识(如肯定享受生活、主张追求爱情、歌颂英雄冒险精神和业绩等),也具有着大量的希腊神话传说(如赫拉克勒斯的巨大功绩、奥德修斯战胜歌妖塞壬以及冥河使者卡戎等),而且写作手法更是继承了希腊的传统。诚如国外学者所说,《狄吉尼斯·阿克里特》中包括"像亚历山大大帝的故事一样的传奇故事、像巴尔拉姆或泰阿纳的阿波罗尼奥斯的传记一样的传奇人物传、像约瑟夫斯所讲述的约瑟夫故事一样的《圣经》传奇故事,以及像哈里顿的哈伊莱斯和卡尔霍伊一样的刻画—两个历史人物的小说,这些都是希腊文学中确立起来的或多或少带有历史传奇文学色彩的深厚传统。《狄吉尼斯·阿克里特》的作者很擅长这一传统。他清晰地描写了许多亚历山大传奇的回忆。享有国王在场时也可以直言不讳特权的孤独圣人形象,则得到了巴尔拉姆和阿波罗尼奥斯以及其他许多拜占庭圣徒的印证。至于描述性的章节,他娴熟地从字句上借鉴纯粹冒险小说的写法,例如赫利奥多罗斯和阿基里斯·塔蒂乌斯。亚历山大和其他伟人双重血统的观念是希腊化东方传奇故事常见的描写"①。因此,有的西方学者指出:"他们能够恰当或不完全恰当地提及一些古老的诗人——荷马、悲剧作家、品达以及不知名的抒情诗人,为的是更高雅地表达他们的看法。为了避免细节上的粗俗,这些作家能够选择迂回的表达以代替直接的叙述。他们会用

---

① [英]N.H.拜尼斯主编:《拜占庭:东罗马文明概论》。陈志强、郑玮、孙鹏译;陈志强校注,大象出版社2012年版,第228页。

'我真诚的朋友'代替'兄弟';会用'闪亮的心灵之剑'取代'争吵';会用'马背上的木椅'取代'鞍子'。这些作家愿意在诗中点缀适度的谐音、押韵和双关语并求得平衡。最后,也可以说,他们是这样的作家:他们不去直接表达,而是尽可能地让他们有充分学识的听众了解,他们的论述是跟随着被最好的古代演讲理论家所推崇的道路前进的。"①

第三种是东地中海地区(东罗马帝国)的世俗文化要素。从史诗中可以看到,狄吉尼斯·阿克里特所生活的地区,是在欧洲东部广袤的地域,包括小亚细亚、两河流域乃至保加利亚等地区。这里生活着各种各样的信仰不同和生活方式也不同的民族,他们处在周边各强大帝国和各种地方势力的长期反复争夺蹂躏中。这必然会使得生活在这里的人们形成注重实际的世俗文化心理。注重世俗生活、关注自己日常生活的状况,渴望凭借个人的作为来成就自己的梦想,就成了拜占庭人,尤其是处在边境地区的拜占庭人的典型心理特征。拜占庭人又总是自诩为罗马帝国的正统继承者。我们知道,古代罗马民族就是个非常注重实际的民族。作为他们的继承者,拜占庭人的政治制度、军事制度、经济制度和文化制度都与世俗生活中的实际效用息息相关。例如,当时拜占庭实行的军区制,就造就了很多有权势的军事将领和边境贵族。这些军事将领和边境贵族的所作所为直接关系到这一管辖区内普通百姓的生活质量。若一个军事将领或边境贵族不能带来辖区内的安宁和百姓现实生活的幸福,这个地区统治者的地位就不能巩固。这也导致拜占庭人注重世俗实际的文化心理的强盛。而那些能够带来边

---

① Ihor Ševčenko: *Three Byzantine Literatures: A Layman's Guide*. Hellenc College Press. 1985. p. 7.

疆稳定的有为贵族和军事强人,就会被看成是英雄并受到人们的赞美。这种文化上的继承性也表现在写作上。拜占庭的文学一般不太讨论所谓永恒的全人类的主题,例如上帝与人类之间的联系——如同西欧拉丁文化传统那样,而是把宗教情感与世俗生活紧密联系起来。在《狄吉尼斯·阿克里特》中我们看到,与西欧中世纪史诗(如《贝奥武甫》《熙德之歌》《罗兰之歌》等)不同,表现某些战争中双方的激烈战斗、不同派别之间的严酷政治斗争以及宗教上信教与改宗等一些重大的事件的矛盾冲突,已经不再是写作的目的,而仅仅成为了表现人物性格、塑造人物英雄气概的一种手段。换言之,他们的作品一般都以一两个主人公日常生活为主,细致入微地描写他们凭借勇气和自己的力量,在日常生活中实现成为英雄的渴望和事业上满足梦想的过程。为君王服务,为宗教效忠都退居幕后。这一点我们在《狄吉尼斯·阿克里特》中都可以鲜明地感觉到。

总之,诚如一些西方学者所言:"拜占庭文明是一个复合体的存在,其中希腊传统、罗马传统和基督教意识形态以及各种来源不同的流行文化共存共生。"① 可以说,《狄吉尼斯·阿克里特》这部史诗充分地表现了对基督教的歌颂,对希腊文化的喜爱,对东地中海地区当时民众典型心理反映三种要素的完美融合,显示出了鲜明的拜占庭文化特色。

---

① Ihor Ševčenko: *Three Byzantine Literatures: A Layman's Guide*. Hellenc College Press. 1985. p. 3.

三、史诗的思想内容和基本主题

《狄吉尼斯·阿克里特》深刻地反映了拜占庭帝国9至11世纪的典型生活和矛盾冲突,表现了史诗形成时期拜占庭人(尤其是边境地区人们)的思想主张。

首先,在与异教徒的冲突中,史诗体现了用基督教来统一各个民族,从而使不同民族和解的思想情怀。我们知道,帝国建立之后,边境冲突和拜占庭人与其他民族之间的矛盾一直是拜占庭帝国面临的主要矛盾。一部帝国发展史,从某种意义上说,就是一部与外族持续不断的争斗史。例如,在《狄吉尼斯·阿克里特》这部史诗中就曾频繁地提及"barbarian"(异邦人)和"pagan"(异教徒)这两个词。这是两个古老的词汇。在古典希腊时期,希腊人用它指称那些说着外邦人的语言而生活在希腊地域中的人。因此,这两个词从一开始就带有强烈的贬义。到了希腊化时代,这两个词又专门指称那些生活在希腊文化区以外,思想文化水平和文明程度较低的外族人。后来的拜占庭人对"barbarian"这个概念重新诠释,他们以其是否为东正教会的教徒、是否为帝国皇帝的拥护者和同盟者作为最显著的区分标志。换言之,在拜占庭帝国的词汇里,"barbarian"和"pagan"是通用的,指那些非基督教徒,或不受帝国统治和支配的人。这样,贬义就更强了。因此,史诗《狄吉尼斯·阿克里特》中多次出现的"barbarian"(异邦人)和"pagan"(异教徒)当指那些与拜占庭帝国不合作的周边各民族和国家的人众。他们不断地袭扰帝国的边境,抢掠拜占庭人的家园。可以说,他们正是帝国边境战争不止的原因。如罗马女孩的母亲写信给自己的五个儿子就说:"异教徒来到家园,处女被掠走他乡。/她已与所爱的人分离,她极度哀伤。"这里的异教徒当指以埃米尔为首的阿拉伯人。而作品中描写的三个强盗,即老费洛帕波斯、凯纳摩斯、爱奥那克斯想抢走尤多希娅,结果被狄吉尼斯打败,于是求助异教徒女王马克西莫帮助。这里所说的异教徒,其实就是那些和帝国作对的歹徒。另外,狄吉尼斯与妻子尤多希娅在边疆生活时,外出时曾救过一位被罗马青年抛弃的异教徒女孩,并帮她找回了那个抛弃她的人,使他们言归于好。这里的异教徒没有指明是何种人,仅指那些做坏事儿的人。这恰恰是拜占庭帝国周边民族众多、屡遭外族侵扰和帝国境内歹徒众多现实的真实反映。史诗的作者这样描写,其实隐含着一个深刻的认识:即这些异邦人或异教徒之所以成为帝国的祸害,说到底是因为他们的信仰出了问题,是没有信奉基督教的结果。

如何解决这一矛盾,帝国采取军事、政治、经济、文化等多方面的努力。其中最重要的是用基督教思想和对上帝的崇敬来统一人心。在这部史诗中,残暴而凶猛的埃米尔最后之所以能够皈依罗马人,虽然最初的原因是他爱上了罗马将军的女儿,但随着情节的发展,我们看到,基督教的思想文化对他所起的作用是更主要的。作品写到:皈依基督教和归顺罗马后,他不仅获得了美好的爱情,过上了不再征伐袭扰的稳定生活,而且在其劝说下,他的母亲和族人也皈依了基督教,并与之一起到罗马接受了洗礼,从此他们的生活也安定美满。在史诗前面的"献诗"和最后的"献辞"中,也都充满着对"圣父""圣子"和"圣灵"的赞美之情,这是因为上帝保佑和庇护了他们。例如在结尾处,诗歌写到:"耶稣呀,全能的王,万物的造主,拯救高贵的巴西勒,这深受爱戴的子孙/也拯救他那如鲜花一样盛开的美丽配偶,以及一切喜爱生活在东正教信仰下信徒。/当你亲临大地去进行灵魂审判的时候,噢,我的上帝,请把无辜者拯救和保护,/用你的右手去把你的这些温顺羔羊放牧。/我们已经从你那里获得了宝贵的生命,请赐予我们力量,敌人面前受你庇护,/所以,我们将赞美你那纯洁的伟大名字,即圣父、圣子和圣灵的'三位一体',三个位格本质归一,坚定不移,永不糊涂,/长久无限,世代永恒地把你虔诚信奉。"这种企图用基督教文化来统一社会、安定边境的思想,代表了当时拜占庭人的基本的主张。

其次,作者也表现了不同民族和不同宗教信仰的人只有在"爱"的引导下和睦相处的思想。这部史诗一个非常重要的特点是,它不是以两个不同民族的冲突为主要情节的作品,虽然拜占庭帝国长期受到异族人的袭扰,尤其是与阿拉伯人的冲突异常尖锐。在特定的历史时期内,阿拉伯人是拜占庭帝国边疆地区安全的长期隐患,也是对帝国统治的严重威胁。如何处理与阿拉伯人的关系,是拜占庭帝国统治者面临的主要任务。然而,该史诗并不着眼于两个民族间矛盾冲突的描写,没有渲染罗马人或基督徒与阿拉伯人或穆斯林之间的纷争。在史诗中我们可以看到,它对两个不同民族间冲突的描写篇幅较少,而更多表现的则是当时边境地区日常生活(如人与自然的冲突、好人与坏人的冲突等)。为什么会出现这样的情况?我们认为,这是与当时的社会环境有着密切的联系的。此时虽然罗马人与阿拉伯人的冲突还存在,但毕竟已经处在矛盾相对缓和的时期。瓦西里一世和瓦西里二世等人的文治武功,使得外族对帝国的袭扰和侵犯行为减少,导致此时期民族矛盾的相对缓和。在这种情形下,希望民族和解的心理期待也在增强。因此,史诗虽然也描写了两个民族之间的冲突,但作者的着重点则放在了两个民族如何和解与相处上。

如何实现两个民族的和谐相处呢？史诗依据基督教的原则，把"爱"作为解决问题的具体途径。从作品中可以看到，拜占庭的宗教文化中，对上帝的爱是与人间具体的爱紧密联系在一起的。异教徒埃米尔之所以能够成为罗马人和皈依基督教，起因是他对罗马少女的爱——就是这个横扫罗马大片地域、凶暴残忍的埃米尔，却跌倒在这个少女的美貌面前。如他母亲所言："成为自己最坏的敌人，只是为了一个罗马姑娘就把一切搞坏。"但恰恰在这里，作者把埃米尔对少女的爱，转换成了他信奉基督教的契机。而埃米尔的妈妈也是因为对儿子的爱，成了她和族人们改宗皈依基督教的起因。在整部史诗中，可以看到，爱的作用，特别是男女之间爱情的作用是非常巨大的。不仅埃米尔的爱情化解了阿拉伯人与罗马人两个敌手之间的相互杀戮，而且巴西勒与罗马将军的女儿尤多希娅之间强烈的爱情，也使帝国内部两种不同势力之间的关系更加和谐融洽。同样，作者主张真爱，反对假爱，尤其是反对假爱之名的"情欲"。史诗中所描写的那些恶人，无一不是没有真爱只有情欲的人，例如，费洛帕波斯、爱奥那克斯和凯纳摩斯就是只有情欲，没有真爱的人。他们看到了边境之王的妻子尤多希娅非常美丽，就产生了占有的欲望，结果才会受到惩罚。而女匪首马克西莫对边境之王巴西勒产生了强烈的情欲，最终得到的也是恶果。这种爱的思想，在拜占庭文化中也是独具特色的。

　　再次，史诗表现了拜占庭人崇尚个人主义式英雄的心理和文化中强人崇拜的特点。历经千余年的拜占庭帝国，除少数几个王朝，大多数帝国皇帝都是走马灯似的你方唱罢我登场。而几个历史上很有作为的皇帝，如亚历山大大帝、查士丁尼一世、瓦西里一世、瓦西里二世等，都是雄才大略者，决定着帝国的命运和兴衰，成为了人们敬仰的英雄。再者，在拜占庭历史上，帝国皇帝中经常有出身低微者,如瓦西里一世就是个驯马奴隶。之所以会如此,是因为拜占庭人信奉实力,崇尚英雄。"几乎毫无例外,拜占庭的叛乱者们并不想分裂或者推翻帝国,他们只是想把他们的意见和他们所推崇的领导人强加于帝国,实际上所有的拜占庭人对帝国观念和基督教信仰都非常执着。"① 因为在当时,有能力、有力量、有才干的人物,才能带来帝国的安宁。这样,一些有才干、有力量的人(哪怕他出身低微)在拜占庭非常受人尊敬。上述的社会心理与古典希腊文化相结合,产生了拜占庭文学中对个人英雄崇拜的特点。

《狄吉尼斯·阿克里特》也堪称是一部"英雄史诗",它在很多方面都遵循着《伊利亚特》与《奥德赛》以及《亚瑟王之死》《罗兰之歌》和《尼伯龙根之歌》的同样传统,是民族英雄的赞歌。主人公之一的埃米尔,不仅是一位行动上的勇武者,而且也是信仰上的英雄。他的业绩是在短短的几年内就征服了大量罗马人的土地。诗中写道:"在贵族中有个富有的埃米尔,集谨慎和最高的勇气在一人身上。""他率队踏上了赫拉克勒斯的土地,摧毁很多城市,使之如沙漠般荒凉,他劫掳捕获了难以计数的大量生灵,……他没有遇到敌人太强力的抵抗,他挥师前进足迹穿过了从查尔扎尼到卡帕多西亚等广阔地方,势不可挡。"不仅武功超群,在史诗作者看来,他更是思想上的英雄。为了所爱的女人,他可以化敌为友,去追求真正的信仰。而一个人能够抛弃自己原先信奉的宗教,主动改弦易辙,去追求更高的信仰,无疑更是英雄式的作为,是真正的大英雄才能做到的。他的儿子,作品的主人公巴西勒·狄吉尼斯·阿克里特更是英雄中的英雄,豪杰中的豪杰。作为一个中世纪拜占

---

① [美]沃伦·特里高德:《拜占庭简史》。崔艳红译,上海人民出版社2008年版,第3页。

庭人理想中的英雄,巴西勒一出生就力大无穷。在接受了父亲的系统训练和严格教育之后,他具备了胆识超人、勇猛异常、敢作敢为等典型的中古英雄特征。他的英雄业绩大约体现在三个方面:一是独自一人战胜各种猛兽和妖魔。作品中不仅描写了他12岁时第一次打猎就赤手空拳杀死一窝凶猛的黑熊、撕碎飞奔的雌鹿并劈杀了可怕的狮子。此后,他又只身打败了泉水边要抢走她妻子的长着三个脑袋的恶龙,显示出了与古希腊赫拉克勒斯同样的英雄气概。二是他独自一人在与边境歹徒费洛帕波斯、爱奥那克斯和凯纳摩斯等人的战斗中,凭借自己超凡的勇气和强大的力量取得了辉煌的胜利,使那些歹徒闻风丧胆、落荒而逃。甚至像马克西莫这样的巨大匪帮,也被他一人打得死伤无数,从此再不敢危害边境。三是他具有自省的巨大勇气:他救下了被罗马青年抛弃的女人,虽然帮助她脱离了苦海,却被欲望驱使,强行与之发生了肉体关系。事后,这种行为使他痛苦难言,渴望悔改,并能够把自己的龌龊行为公之于世。他打败了马克西莫后,再次陷入情欲的泥沼,与之也发生了荒唐的性爱。但他很快就产生了羞耻之心,并最终能够受羞耻心驱使,杀死了她。这种精神上的强盛,在拜占庭人看来,更是一个英雄的可贵品质。正是在他独自一人长期征战,才平定了边境地区,并在幼发拉底河边建立起了人间的乐园,从而带来了边境地区长期的稳定与安宁。这些特征表现出了拜占庭人的民族自豪感和崇尚英雄的情怀。这部史诗从头至尾洋溢着一种个人英雄主义的豪迈气概。

在写作手法和艺术风格上,《狄吉尼斯·阿克里特》明显受到东西方英雄文化的双重影响:"这一史诗的风格颇接近西方的骑士传奇,如《熙德之歌》《罗兰之歌》,也同阿拉伯世界的传统故事有很明显的渊源关系。在这一传奇故事中,可以找到许多与阿拉伯《天方夜谭》和后来土耳其叙事诗中的情节和人物的联系。"① 它以两个主人公(巴西勒的父亲埃米尔和边境之王巴西勒)为中心线索写成的。史诗的前三章主要描写的是埃米尔的抢掠的功绩;他获得美貌罗马女孩的经历;他的婚姻生活以及他劝说母亲和族人皈依基督教的过程。以后的几章则以埃米尔的儿子边境之王的成长、爱情、婚礼和猎杀野兽、漫游中诛杀强盗匪徒以及建设地上乐园的经历写成。最后以他和妻子同一天病逝并举行隆重的葬礼结束。这种结构,也完全是是拜占庭文学所特有的,从中我们可以看到史诗作者对个人英雄的歌颂的价值取向。

四、关于史诗主人公的基本原型

史诗的主人公巴西勒是拜占庭帝国一个传奇式的英雄,一个披着东正教外衣的巨人形象。作品中描写,巴西勒是阿拉伯人和罗马人混血的后代。他的母亲是一位罗马将军的女儿,也是一位基督徒。其父是阿拉伯的一个埃米尔。巴西勒的姓"狄吉尼斯"意为"两个民族的混血儿",而"阿克里特"也是姓,意为"战士""边境保护者"。如前所言,在他身上,集中了对基督教的虔诚、对爱情与友谊的炽烈渴望以及勇猛无敌、骄傲任性的性格特点。

据专家考证,史诗中所说的主人公巴西勒的混血特点,与帝国皇帝瓦西里一世的出身相似。有人认为瓦西里一世出生在马其顿的一个亚美尼亚家庭中。但是大多数学者认为他是一个亚美尼亚人,后定居于马其顿,并在马其顿长大。因为在当时的马其顿人口

---

① Vasiliev, AA. *History of the Byzantine Empire 324—1453*, Madison, 1961. p 369—371.

中,有许多亚美尼亚和斯拉夫人。因此还有学者认为瓦西里一世即是亚美尼亚人和马其顿人的混血儿,只不过史诗的传唱者将其换成了罗马人和阿拉伯人的混血儿了。另外,史诗主人公巴西勒的特征和才能与历史上的瓦西里一世也相吻合。瓦西列夫在他的《拜占庭帝国史》中说:瓦西里一世"高身材、大力气、有驯服野马的能力",和史诗中所描绘的狄吉尼斯"身材健硕挺拔""力大无比""英勇过人""徒步赤手空拳降服野马"等情形一致。同样,也有专家认为,作为拜占庭帝国杰出的军事天才并因其所建立的丰功伟绩,瓦西里二世更可能是史诗《狄吉尼斯·阿克里特》中的人物巴西勒的艺术创作原型。历史上的瓦西里二世生性刚烈、坚毅果敢,少年时代便热心军事。这与史诗所描写的狄吉尼斯"12 岁即坚持与父亲和舅舅同出狩猎,与野兽搏斗"相类似。而瓦西里二世善于奔跑的特长,也与史诗所叙述的主人公巴西勒的"健步如飞",随手捕杀"奔驰的雌鹿"互为印证。瓦西里二世在 1025 年偶感伤寒病逝,又与史诗中所说的英雄狩猎后沐浴,患了破伤风,无法医治而死的情形也惊人相似。

对此,我认为,《狄吉尼斯·阿克里特》主人公的原型,可能有瓦西里一世和瓦西里二世的某些影子,因为作为造就拜占庭帝国再次辉煌的人物,他们的英雄事迹和性格特征不可能不在当时的人民大众中广为流传。史诗的传唱者们将他们的故事加入到史诗中是必然的。但切不可以将此部史诗看成是某些帝王的个人传记(所以,笔者在翻译此部史诗时,将 Basil 不译成瓦西里,而译成巴西勒,以示区别)。因为史诗形成的时间是漫长的,也是众口相传的产物。在流传的过程中,必定有很多其他人物(包括一些边境将军、帝国重要军事将领和民间英雄等)的事迹加入到塑造此形象中来。我们这样说是有根据的:该史诗流传不仅形成了不同的版

狄吉尼斯·阿克里特：混血的边境之王

本（这是民间史诗形成的重要特征），同时还有大约百余个这类的阿克里特短套曲被传诵，有很多是在 14 和 15 世纪以原稿的形式被记录下来的。它们都属于拜占庭文学重要组成部分。这些诗歌中的世界是阿克里特的世界。就连巴西勒的名字也可能来自于东方边境的某个守卫者，甚至来自某个拜占庭东方边境具有支配权的首领。有专家就指出：在马其顿王朝时期，守卫边境的军队是以帝国皇帝给他们世袭的军事土地作为服务回报的。"这个制度很有效；它促进了兵员的招募，因而使个体的人聚集在帝国周围。……此外，帝国还设置一些小的军事区域叫'卡里色埃'，目的是去保卫隘口——后来这其中的很多事件成为了史诗的主题。每个隘口（也有一些例外）是由一个希腊的将领或将军做指挥官，这个指挥官既是军事的首领，也是行政官。……他们的职责是日复一日地对付异教徒和歹徒们的小规模冲突。最初，阿克里特仅仅是武装定居农民的首领，保护边境的安宁。然而在瓦西里的时代，他们作为独立的武装力量被组织起来。在一系列的战略要地驻扎，驻地中每一个队伍都有自己的指挥官。巴西勒可能就是其中的一个。"① 这就是说，很多当时的边境贵族、军事长官等人的一些事迹，可能都集中到了史诗中的巴西勒身上。"当一部传奇故事围绕着一个主人公发展的时候，歌唱者开始用他们手里所有的材料去撰写关于他的歌曲。每个歌者感到，在自己前任的基础上去进行改进，不仅仅是他的艺术的一部分，而且是他在为自己表演，以至于使歌曲进一步发展和变化，直到有人，也许是他们自己中间的人，

---

① Denison B Hull: *Digenis Akeritas Introduction*. Ohio University Press. Athens, Ohio, 1972. p. xix.

或许是抄写员就沿着此思路写一直下去。"①

总之,史诗的主人公巴西勒·狄吉尼斯·阿克里特是一个集中了当时很多拜占庭英雄,尤其是边境守卫者的事迹创作出来的典型形象。他的一生都在为保卫拜占庭的安全与阿拉伯人或国内各种邪恶者进行着无畏的斗争。史诗围绕巴西勒的身世、生活方式和在战斗中所表现出来的英雄气概的描写,揭示了12世纪小亚细亚地区的诸多矛盾、社会氛围以及民族融合的历史特点,也表现了拜占庭民族英雄的基本风貌。

五、关于史诗的版本和翻译问题

《狄吉尼斯·阿克里特》是在民间传说的基础上形成的。现存较为成型的七个版本,无论是故事内容,还是篇幅章节都差异较大。换言之,我们今天所看到的这些版本,都是在不同的历史时期,处在不同的地位并面对不同倾听对象的行吟诗人们所演唱的不同的版本,也是后来被处在不同地位的书吏抄录下来的。巴西勒的故事在当时广泛流传,不同的阶层在传述这个故事的时候,一定会打上各自思想感情的烙印。所以,该史诗的版本的众多,恰好反映了拜占庭帝国时期不同社会阶层对故事的不同理解。

现存的七个版本中,有六个希腊文版本(其中五个诗体,一个散文体),还有一个斯拉夫语的版本(这个斯拉夫语的版本诗文合一,俄罗斯文学形成时期在基辅流传)。现将几个不同的版本简介如下:

---

① Ibid., p. xxi.

1. 特拉比松(The Trebizond)版本(简称 T 版本)。由 3182 行诗组成,分成十卷,开始部分已经遗失,中间有少量缺失。这部手稿被写成文字不早于 16 世纪,1858 年被萨瓦斯·劳尼德斯在特拉比松的苏米拉修道院发现。1875 年由 C. 萨达斯和 E. 罗格朗在巴黎出版。1887 年隆尼德斯在君士坦丁堡再次出版。原手稿现已遗失。

2. 安德罗斯岛(The Andros)版本(简称 A 版本)也被称作雅典 P. P. 卡隆纳罗斯版本。这是写在 16 世纪的手稿。这个版本由 4778 行诗句组成,分为十卷。这个版本非常完整,差不多是 T 版本的复制品,以至于可以用它校对其他的版本。1878 年在安德罗斯岛被发现。手稿现藏于希腊雅典国家图书馆。

3. 格罗塔弗拉塔(The Grottaffrrata)版本(简称 G 版本)。由 3709 行诗句组成,被分为八卷;除了第六卷有缺损(有一页被撕掉了),基本完整。这个手稿大约写在 14 世纪。这个版本 1892 年被 E. 罗格朗公司在巴黎出版。哈佛大学的赫尔教授把此本翻译成了英文,并成为欧美文学界研究和学习的范本。

4. 牛津(The Oxford)版本(简称 O 版本)。这是一个由 3094 行诗句组成的、分为十卷的押韵版本。手稿上有希俄斯岛上的僧侣书吏伊格内修斯·皮特丽泽的署名,他在 1670 年 11 月 25 日完成的时候还在手稿上签了日期。此手稿现藏牛津大学林肯学院。

5. 埃斯科里亚(The Escorial)版本(简称 E 版本)。这是个不完整的本子,仅仅由 1867 行诗句组成。它的语言与民歌语言有点相类似,但故事混乱和无头绪。诗行有时很短,有时长的像散文的句子。它看起来像是一位老人口述的记录稿。这个手稿被卡尔·克鲁姆巴策尔在 1904 年发现,1912 年由 D. C. 海思林出版,现藏在马德里的埃斯科里亚图书馆。

6. 散文(The Prose)版本(简称 P 版本)。共十卷。这个版本其实不过是安德罗斯岛手稿的散文版。它在 1632 年被希尔斯岛的梅罗提奥斯记录下来。1898 年在安德罗斯岛被 D. 帕斯查理斯发现,1928 年被印刷出版。现藏在塞萨洛尼基大学民俗学系图书馆。

7. 斯拉夫(The Slavic)版本(简称 S 版本)。这是 M. 斯佩兰斯基在 1922 年从两个 18 世纪的手稿和 18 世纪的俄国历史学家尼古拉·卡拉姆津引证的材料组合成的一个版本。两个 18 世纪的手稿用斯拉夫语被写于 13 世纪。卡拉姆津所引证的手稿被焚毁于 1812 年的莫斯科大火。这是个不完整的版本。这个版本在 1922 年由斯佩兰斯基出版,1935 年被巴斯卡翻译成法文,1941 年由彼得·卡隆纳罗斯翻译成现代希腊文。

国外研究拜占庭的学者们认为,可能还曾存在过其他的版本,至少在 18 世纪还有人见过另外的版本。例如,有文献记载,那时有一个名叫凯撒·达芬特的斯僧侣就报告说他在阿拓奥斯圣山的修道院看到过两个抄本。此外,历史上还有大量的类似巴西勒事迹和功业的歌谣。有人认为,这些歌谣可能是不同史诗版本的来源材料。

本次汉语翻译,我主要采用的是格罗塔弗拉塔的版本,故事情节与 G 版本大体相同,只在某些地方做了一些必要的订正。同样,为了适应中国读者的阅读习惯,我将它翻译成了相对整齐的汉语诗句形式,并加上了一些必要的注释。

我愿此译本能为中国读者初步了解拜占庭文学略尽绵薄之力。

献 诗[①]

赞美吧,用奖杯和一曲颂歌,
三倍的祝福巴西勒——边境之王,
这是一个最勇敢、最高贵的男人,
谁能像他能从上帝那里获得力量。
他征服了整个叙利亚,巴比伦和
查尔扎尼,全部的亚美尼亚以及
卡帕多西亚[②],阿摩里乌姆和以哥念[③]
尽管这些地方都有名声显赫的城堡
和坚强有力极其坚固的防御城墙。

---

① 在赫尔教授整理的英文版本中,献诗与第一章是合在一起的。我在翻译过程中,感到将"献诗"独立出来,会使作品更为严整合理。故此,将其独立成章。

② 卡帕多西亚是小亚细亚东部的古王国,其地名原意为"骏马"。历经早期闪米特人的殖民、赫梯人的管辖和来自东方的侵略,于公元前584年被波斯人征服,但在公元前3世纪成为独立王国,公元17年成为罗马的一个省,战略地位十分重要。

③ 即今土耳其中西部之康尼亚,古称以哥念(Iconium),又称伊康素丹国。1080—1081年,苏莱曼先后攻克舍马哈、尼德微、安塔基亚,其势力伸展至小亚细亚西北部和爱琴海岸。

我的意思是安卡拉①,还有整个士麦那②,
他征服的土地一直延伸到大海旁。
现在,我要向你展示他的功业,
这些功业筑就了他一生的辉煌。
这是个充满勇敢战斗气概的男人,
如同那所有让人敬畏的猛兽一样。
因为有上帝的恩典给予他的帮助,
相帮的还有百折不挠的耶稣之母
和那些来自天国的天使和天使长。
还有那个无往不胜的伟大殉教者,
被首领和士兵都荣耀的西奥多,
以及在许多劳作者中高贵的乔治
更是创造神奇殉道者中的殉道之王。
崇高的狄米特律斯③,即巴西勒④的

---

① 其古希腊语原文作’γκυρα,意指"使船抛锚停泊"。安卡拉地处安纳托利亚高原中部,自古为东西陆路要津与兵家必争之战略要地。自亚历山大东征起,历经罗马帝国、拜占庭帝国和奥斯曼帝国,都是重要的政治、经济、文化中心和地方政府的所在地。如早在 1 世纪时,就曾是罗马帝国在这一地区所建的加拉齐亚(Galatia)省的首府。

② 古城名。其古希腊语原文作 σμύρνα,部分希腊铭文也写作 ζμύρνα,意为"没药"。古代小亚细亚半岛出产的没药,经该城转运到希腊各城邦,故以此命名。今名为"伊兹密尔(Izmir)"。土耳其西部港市,濒爱琴海伊兹密尔湾,系古希腊人在公元前 12 世纪建立的殖民城市。因地势之便利,自古即为贸易中心。

③ 狄米特律斯是早期基督教殉道者,生卒年代不详。教会认为他是一位武士圣徒,对他的祀奉主要在东方。他也是希腊萨洛尼卡的庇护者。7 世纪至 14 世纪间拜占庭湿壁画和镶嵌画中常出现他的形象:身穿盔甲,手扶宝剑,或手执长矛与盾牌。

④ 巴西勒一词源出古希腊诗歌中的"巴西勒斯"(βασιλεύς),意指王者,因其所处时地的不同,势力与影响力迥异。此处所指不详,可指马其顿王朝创建者和拜占庭帝国皇帝瓦西里一世(876—886),或是巩固帝国在叙利亚的统治的另一位拜占庭帝国皇帝瓦西里二世(976—1025),亦可泛指王权的执掌者。

保护者和那些被他征服的全部的
敌手都把他赞美夸奖——不管是
阿伽伦尼斯和以实玛利子孙,还是
像狗一样狂暴野蛮的斯基泰儿郎。

第一卷

可爱的女人如何征服了埃米尔①

【一个埃米尔抢掠了将军的女儿。将军女儿的兄弟们奋起追击。在一对一的决斗中,埃米尔被兄弟中最年轻的一个所打败。埃米尔乞求他们让他作为女孩未来的丈夫接受他,并变成了罗马人和基督徒。】

---

① 古希腊文 ἀμιρα,阿拉伯文 Amir,原意为"统帅""王公""领袖""司令官""亲王""王子"等。历史上阿拉伯帝国哈里发即为首席埃米尔,即最高军事统帅。阿拉伯帝国的行省长官亦称为埃米尔,即总督。阿拔斯王朝后期,哈里发政权削弱,各地形成割据的埃米尔国家。

第一卷 可爱的女人如何征服了埃米尔

在贵族中有个富有的埃米尔,
集谨慎和最高勇气在一人身上。
他不像埃塞俄比亚人那么黝黑,
而是皮肤非常白皙,身形漂亮;
他的眉毛如成熟谷穗相互纠缠,
卷曲胡须像一朵花儿刚刚绽放;
灵动而放荡眼神充满浓浓爱意,
如一朵美丽玫瑰在他脸上跳荡。
他有着像柏树般挺拔可爱身材,
如果你们把他仔细的端详打量,
他看起来就像一座美丽的雕像。
他还具有不可征服的强大力量,
每天与野兽搏斗度过闲暇时光,
并以此测试自己的神经和胆量,
因为他由衷崇拜敬佩勇猛刚强。
在世人眼中他被视为一个奇迹,

然而这对一个年纪轻的人而言，
隆盛的声名也会引起可怕的状况。
当巨大的财富和勇气具备之后，
他开始招土耳其人①和迪勒米特人，
以少量精选阿拉伯和特洛古罗杜特②
人为根基，以一千个骑士作伙伴，
队伍组成后他给予每人相应的犒赏。

怀着迸发出的对罗马人的愤怒，
他率队踏上了赫拉克勒斯的土地③，
摧毁很多城市，使之如沙漠般荒凉，
他劫掠捕获了难以计数的大量生灵。
因为这些地方长期以来疏于守防，
这些守卫者的职责本应是保卫边疆。
因此他没有遇到敌人太强力的抵抗，
他挥师前进足迹穿过了从查尔扎尼
到卡帕多西亚等广阔地方，势不可挡。

---

① 西亚土耳其主体民族，自称"突厥人"。属欧罗巴人种地中海型，混有蒙古人种成分。7世纪中叶西突厥为唐所破后，其中一部即乌古斯人于8至11世纪从中亚陆续迁入小亚细亚，逐步同化当地阿拉伯人、希腊人、波斯人和亚美尼亚人，并吸收其部分文化特点。后信奉伊斯兰教，多属逊尼派。16世纪曾建立横跨亚、非、欧三洲的奥斯曼帝国。

② 在古希腊语中，特洛古罗杜特（τρωγλοδύτης）意为"蠕滑入穴洞者"（如狐狸和蛇），即穴居人。

③ 此处的古希腊原文为 χώρας τοῦ 'ρακλέος，即一座名为埃雷利（Eregli）的城市及其所辖地区。该城地处今天的土耳其北部宗古尔达克省，黑海之滨，建于公元前约560年。公元1360年被土耳其人占领后，成为定居于当地的热那亚人的贸易中心，城内存有古堡遗迹。

然而却突然跌倒在异教将军的府邸，
断送了作为伟大征服者生涯的辉煌。
有谁能说清楚他为什么做出如此举动？
没人。他杀死了那里发现的一切生灵，
抢掠了大量财富，洗劫了全部的住房，
更要命的是他俘获了一个可爱的姑娘，
她是个贞洁的处女，罗马将军的女郎。①

此时这个罗马大将军正在被流放，
那可爱处女的兄弟们也远在边疆。
少女母亲侥幸逃出了异教徒的魔掌，
立即给儿子们写信告诉了发生的状况：
异教徒来到家园，处女被掠走他乡，
她已与所爱的人分离，母亲极度哀伤，
在她的信中滴满了泪水，点点行行：
"噢，可爱的孩子们，你们可怜妈妈，
一个最不幸的灵魂即将走向了死亡。
你们的爱心要放在自己妹妹的身上；
快快来解救你们的妹妹和妈妈吧，
救她出严酷奴役，拯救我于死亡。
要把我们灵魂给予我的亲爱的女儿，
为了妹妹的缘故不要害怕把命失丧。
要有怜悯心，孩子，看在妹妹面上；

---

① 有关这个罗马将军及其女儿的情况，即埃米尔的妻子、巴西勒母亲早年的有关故事，参见附录一。

鼓起你们勇气,快去把她营救解放。
假如你们不能准确按照我说的去做,
你们会看到妈妈会因她的孩子死去,
我和爸爸会把你们诅咒,永不原谅。"

听到了这个消息后他们深深地叹息,
哥儿五个流出的眼泪打湿了各自衣裳,
他们立刻相互催促整装出发,喊道:
"我们快点儿前行,为她甘愿死亡!"
他们快马加鞭顺着大路向回程奔驰,
仅带着很少的几个士兵一同前往。
他们不遗余力,忍饥少睡,日夜兼程,
只几日就来到埃米尔驻扎的营地前面
那被称作"蛮荒之地"①的可怖隘道旁。
在远离营地前哨地方,他们下了马,
派人送信给埃米尔提出了会面建议,
按照命令,他们被带到埃米尔篷帐。

埃米尔端坐在自己那高高的宝座上,
帐篷外矗立着一个可怕的黄金镶嵌物,
一群武士围站在他的四周,手持刀枪。
到了宝座前,埃米尔让他们把来意讲。
这样,哥儿几个一步三跪,恭敬上前,

---

① 古希腊语的 Δύσκολος 意为"蛮荒之地""贫瘠之乡"。

流着悲苦的泪水,对着埃米尔开了腔:
"埃米尔,上帝的仆人和叙利亚王子,
你可曾去过帕诺摩斯①,把清真寺瞻仰,
埃米尔,可能你也曾跪拜过那悬石②,
被人看到得体地亲吻穆罕默德的墓堂,
你可能也聆听过那神圣祷告的声响。
你掳走我们的妹妹,一个迷人姑娘。
请把她卖给我们,最高贵者的仆人;
无论你开出多大价码,我们都会付账。
她爸爸为她悲伤,这是他唯一的姑娘;
她的妈妈现已杳无音信可能已死亡;
对她有着无限感情的我们兄弟几个,
都已经发下了最令人敬畏的誓言:
或者带她回去,或者就死在这地方。"

听完这番话,埃米尔敬佩他们勇气,
但还要试一试他们是否真有胆量
(因为他谙熟那些罗马人的夸张语言),
故而他非常温和地把下面一番话讲:

---

① 帕诺摩斯,古希腊文作 Πάνορμος,意为"最佳停泊之地",即今天的意大利港口城市巴勒莫。公元前8世纪由腓尼基人创建。公元831年为阿拉伯人征服,是当时与北非地区贸易的中心。1130年臻于极盛,希腊人、阿拉伯人、犹太人和拉丁人密切合作,产生了生气勃勃的混合文化,1282年后成为西西里首府。

② 即巴勒莫石刻,系古埃及纪年石刻。成于第五王朝。碑上镌刻着排列整齐的象形文字,记载自前王朝至第五王朝中叶止的年代大事记,是研究古代埃及的珍贵历史材料。原先可能立在埃及神庙或其他重要建筑物中,现藏于意大利西西里巴勒莫博物馆。

"如果你们想让自己妹妹获得自由,
那就在你们中间挑选一个高贵的人,
让我们都骑上各自的战马,他和我
进行一对一的决斗,不许他人相帮。
假如我赢了,你们就都是我的奴隶;
如果他获得了胜利,废话不用多讲,
立即带走你的妹妹,无需任何补偿。
在这里被我抓的俘虏也会一起释放。
否则,我将不会放弃你们可爱妹妹,
即使把罗马国全部财宝给我也是妄想。
走吧,看看对你们最好的是哪一样!"

他们立即返回营地,觉得有了希望,
但却担心让谁去出战而会发生争执,
于是他们决定用抓阄方式来结束争抢。
结果这机缘落在了他们最小的弟弟,
即与妹妹是双胞胎的君士坦丁身上。
他的大哥,在帮他做准备时给他忠告:
"小弟呀,不要让敌人的喊叫把你吓慌,
别害怕,也不要让战场气氛令你紧张。
如你看到裸露的利剑,不要掉头逃跑,
见到比这更可怕的武器也别缩头避让。
面对妈妈诅咒,不要怜惜你青春时光。
有她的祈祷支持你,敌人必定被你打倒,
因为上帝绝不会允许我们把奴隶来当。

去吧,孩子,振作起来！别恐惧彷徨!"

他们一起向着上帝呼喊,面朝着东方:
"上帝啊,不要让我们被人奴役死亡!"
拥抱过后,大家送他前行,又和他讲:
"我们父母的祈祷会给你有力的帮忙!"
君士坦丁跨上他那训练有素的黑色战马,
佩带上他的利剑,拎起了他的长矛枪,
肩带下面还用丝绳悬挂着一根狼牙棒。
他面向四方做了一个必胜的十字手势,
然后急速催动战马,奔出了所待的地方。
他首先耍弄着宝剑,然后是他的矛枪,
有几个萨拉森人①嘲笑这年轻人的孟浪:
"看,他们派个什么样的家伙来参加决斗,
和这人开战,叙利亚人的胜利一定辉煌!"
一个萨拉森人,是迪勒米特边境的贵族,
则提醒埃米尔,悄悄地把如下的话讲:
"你看他多么聪明地用马刺驾驭战马,
巧妙地掩饰着他的宝剑和旋转的长矛枪。
这表明他既有经验,又有勇气和胆量。
你要小心,不要被这个年轻人欺诳!"

---

① 希腊人和罗马人用于指称阿拉伯半岛内志地区和叙利亚沙漠地区的游牧民。十字军东侵时专指反抗十字军东侵的伊斯兰教徒。后泛指阿拉伯人中的伊斯兰教徒,有时亦泛指阿拉伯人。

埃米尔走出队伍,跨上了自己战驹,
样子看起来非常自负与极度的凶狂。
他的铠甲在阳光的照射下闪闪发光,
挥动的长矛发出蓝闪与金针的光芒;
大家立即都跑过来观看大战的开场。
他的战马兴奋地戏耍着,震惊四方,
它的四蹄聚在一起,随即伸展跳跃,
犹如被某种平衡装置控制着的弹簧。
其他的时候它的快步行走如此轻盈,
似乎不是在大地上奔跑而是在飞翔。
埃米尔的心情极为高兴,面露微笑,
随即打马疾驰冲向决斗的场地中央。
一声怒吼如同雄鹰呼啸和蛇鸣咝咝,
也像猛狮怒吼要吞噬这年轻的儿郎。
年轻的武士也策马前来急速相迎,
两柄长矛重重磕在一起,折断一双,
巨大的反坐力使两个人都摔落地上。
随后,各自拔出利剑凶猛向对方刺去,
你来我往相互砍杀了几个时辰之长。
群山呼应,杀声似雷鸣在丘陵轰响,
鲜血在战场的大地上到处飞溅流淌,
甚至战马都被吓坏,陷入失措惊慌。
两人虽都伤痕累累,但仍难分弱强。
萨拉森人看到了没有意料到的场景,
那年轻人的顽强抵抗和惊人的胆量。

于是,他们异口同声对埃米尔喊道:
"请求休战!把这场格斗放在一旁!
这个罗马人凶险,别让他把你打伤!"
瞬时间,埃米尔跳出了战斗的场地,
这个自负的人被更强大的力量打败——
实际上靠吹牛根本不能把好结果品尝!
他扔掉宝剑,十指交叉把攥住的双手
高举过头上,就像当时的习俗那样,
对着那小伙子,他提高了嗓音把话讲:
"结束吧,年轻人!胜利属于你!
嗨,你的妹妹和被俘者都被你解放!"

决斗结束,大家动身前往埃米尔营地,
可以看出,兄弟们内心都充满了欢畅。
哥儿几个高举双手,赞颂上帝的荣光,
"荣耀**你**①,唯一的上帝,"他们高唱,
"因为**他**信任你,才没遭受耻辱和受伤。"
他们怀着极度欢喜热情地拥抱了小弟;
有的亲吻他额头,有的亲吻他手掌。
随后,他们满怀着期望把埃米尔恳求:
"埃米尔,如你之前所讲,把妹妹交给
我们,以慰藉我们被悲痛重压的心脏。"
埃米尔对他们发话,但并没把真相讲:

---

① 在本译本中,凡是黑体的"你"或"他",均指代上帝耶和华或耶稣基督。

"嘿,带上我的署名戒指,从帐篷的
周围开始,仔细地去寻找那整个营地,
当你们发现了她,就带着她离去回乡!"

他们怀着巨大喜悦,带着署名戒指,
细心寻找,根本不知道这只是欺谎。
当他们仔细搜遍了各处,却无所获,
便直接返回去找埃米尔,带着悲伤。
在途中他们遇到一个淳朴的萨拉森人,
他通过一个译者向哥儿几个把话言讲:
"你们在寻找谁?孩子们,为谁忧伤?"
一直沉浸在悲痛中的他们,轮流答腔:
"你们掠掳了个纯洁女孩,我们的妹妹,
我们没有把她找到,所以想走向死亡!"
然而,这个萨拉森人长叹一声,说道:
"去那低矮山谷,你们会发现一条小溪,
昨天,我们的人在那里把很多美女屠戮,
他们不会告诉你们所做过的事情真相。"

他们策马飞驰,动身直奔那条小溪,
发现被杀死女人们鲜血已染红那地方。
到处是残缺手臂,砍掉的头颅和脚掌,
还有那四散的躯干及一些外翻的内脏,
已经根本不可能辨认出都是谁家姑娘。
看到这样的悲惨的场景他们惊愕心慌,

抓起尘土,扬洒在他们各自的头顶上,
泪水从悲痛的心底流出,大声地哭嚷:
"哪只手和哪个头颅该让我们悲怆?
我们怎能知道应带哪个肢体去见亲娘?
噢,妹妹呀,你为何被这样不义地杀死?
噢,甜蜜灵魂,为何这事会发生你身上?
为何你的时光在点燃前窒息我们的光芒?
为什么那野蛮的手要砍碎了你的肢体?
为什么那谋杀的手在杀人时不瘫痪失常?
他对你迷人的青春是这样的毫不留情,
他对你可爱声音一点儿也不怜玉惜香。
但是,在你那高贵的灵魂陨灭之前,
你就被死亡所挑选——被送上了屠场。
噢,最可爱的妹妹呀,灵魂和心脏,
我们怎能把你和其他的尸体区分开?
难道这小小安慰都不想让我们得享?
噢,在这悲惨的时刻和欺诈的日子里,
你再也不会看到黎明时分升起的阳光。
自从我们的妹妹被那无法无天的歹徒
残暴地宰割,上帝就已经将黑暗降临!
我们将给可怜的妈妈带去什么消息?
噢,太阳,为何嫉妒我们妹妹的漂亮,
难道怕她的美丽与你争辉才让她死亡?"
然而,他们最终也没有找到妹妹的尸体,
只好修个独坟把全部破碎肢体敛起埋葬。

狄吉尼斯·阿克里特：混血的边境之王

随后他们恸哭着掉头转身去找埃米尔，
热泪奔流搅拌着发自心底的愤怒绝望。
"或交出我们的妹妹，或杀死我们！
没有她我们不会有一个人回归故乡！
为了妹妹缘故我们都宁愿被你杀光！"
听见和看到他们的悲戚模样，埃米尔
问道："你们是谁的儿子？来自何方？
什么家族？你们对生活有什么样主张？"
"我们有着阿那托利孔①的贵族血统，
我们的父系祖先可以追溯到肯纳马德斯，
母族是杜卡斯②一枝，君士坦丁大帝亲戚，
十二位将军分别是堂兄表弟和叔伯舅丈。
我们和妹妹都是这显赫家族后裔儿孙！
我们的父亲因一些愚蠢的事情正被流放，
而这实际上是一些骗子对他的陷害栽赃。
在你来之前，我们没有一个人出现在此，
事实上，我们正在统领着铁骑守卫边疆；
如果我们在这里，这一切都不会发生，
你永远不会有机会进入到我们的住房。
正因我们不在这儿，你才可以自吹狂妄。

---

① Anatole('Ανατολή)意为"冉升之旭日"，最早为拜占庭人用来指称"东方"或"黎凡特(地区)"时所使用的一个地理名词。后泛指所有君士坦丁堡以东地区，即小亚细亚和埃及。作为行政区划的 Anatolikon 指阿摩里乌姆和以哥念周边区域。

② 杜卡斯王朝的缔造者为拜占庭帝国皇帝君士坦丁十世(1059—1067)。

现在,伟大埃米尔,叙利亚王子,跪向
巴格达,告诉我们你是谁,来自何方!
如果我们的亲戚从他们作战地方返回,
如果他们从那流放地带回我们的父亲,
无论你跑到什么地方,我们都循迹追打,
不会让你的鲁莽行为逃脱惩处和伐戕。"
"我的好青年,"埃米尔回答,"我是
克鲁索维格斯①大帝和潘提亚王后的儿子,
安布罗恩的孙子,卡洛埃斯的外甥郎。
当我还是婴儿的时候,父亲便已死亡;
母亲把我送给一个阿拉伯的亲戚抚养,
他使我成为了一个优秀的伊斯兰教徒。
在参加各种征战中看到了我的好运气,
他们让我去做统治叙利亚全境的酋长。
带着精心为我挑选的三千长矛枪骑兵,
我征服了叙利亚全境,占领了库费②
(坦率讲,这里不乏些许言过其实之辞)。
旋即又剪除了赫拉克勒斯人的反抗武装,
接着又占领了从阿摩里乌姆直到以哥念,
并让成群的抢掠者和全部野兽不再嚣张。
没有任何将领和军队能抵挡我的横扫,

---

① 埃米尔叙说其出身与家世时所提及的亲人名讳,其古希腊文原文均含有"为神恩佑""泽被后世"等义,言其身世之高贵非凡。

② 伊拉克城镇名。在巴格达以南 145 千米处,公元 638 年建为阿拉伯的一个要塞,后成为最重要的伊斯兰教中心之一。Κούφη 一词在古希腊语中有"光明""睿智"等含义。

然而，一个可爱的女人却让我缴了枪。
她的美丽让我燃烧，但痛哭又让我无望；
她的叹息把我烧伤，令我感到彷徨！
从她的叙述里我想试试你们的胆量，
因为她一直没停止为你们流泪哀伤。
我愿意向你们坦白并告诉事实真相：
如果你们不表示轻蔑，我要把你们
的妹夫来当，她那么令人喜爱神往。
我还要做基督徒，去你们的罗马家乡。
先知作证，有个事实你们必须清楚：
她没给我一个吻，连句话都没对我讲。
到我帐篷来吧，看看你们寻找的姑娘。"

听到埃米尔这番话哥几个极度欢畅，
他们掀起帐篷垂帘走进里面，看到个
少女①正斜靠在一张金光闪闪卧榻上，
基督呀，她像太阳散发着炫目光芒。
但她的两个眼中却充溢着泪水汪汪。
她的哥哥们看到她，立刻扶她起来，
每个人都上前把她亲吻，惊讶异常。
绝望中突然出现了意想不到的欢乐，
大悲之后的大喜使他们都兴奋若狂。
因他们曾遭受了突然的痛苦和哀伤，

---

① 即罗马将军的女儿，也即是后来埃米尔的妻子。据安德罗斯岛的版本，此女名为伊林娜。

但重来的快乐给了他们加倍的欢畅。
他们在欢愉中和她紧紧拥抱的时候,
在哭叫中各自的泪水更是肆意流淌。
"你还活着!活着,噢,灵魂和心脏,
我们认为你已经死于了刀剑的锋芒。
亲爱的,是你的美丽挽救了你的性命,
因为美甚至可以软化暴徒的铁石心肠,
你的青春和美丽使敌人变得仁爱慈祥。"

哥几个儿答应了埃米尔求婚的誓言,
如果去罗马人国度,就让他和妹妹拜堂。
接着,大家吹响号角,立即回转家乡。
兄弟们满心困惑,相互间询问猜想:
"我们看到了件奇妙事情,这是激情
的力量!激情打破了禁锢和敌对双方,
使一个人否定了信仰,不再害怕死亡!"
从此后,这个故事传遍了广阔的世界,
那就是一个高贵纯洁少女如何用美丽
战胜了著名的叙利亚军队奇迹的辉煌。

第二卷

关于边境之王的出生

【婚礼之后的一个适当时间,巴西勒出生了。埃米尔的妈妈写信乞求他返回叙利亚。他制定了一个秘密的旅行计划,但是被发现了。在解释了原委和做了一定回来的保证后,他离开了。】

自从发下他要和他们妹妹结婚的誓言，
埃米尔为了他的所爱，立即带着伙伴
跟着那兄弟几个一同向罗马之国出发。
当他们来到了罗马人所管辖的地界后，
埃米尔把此前他所俘获的人全部释放，
还给了每个人在路上需要的盘缠食粮。
少女的兄弟们也给妈妈写了信，报告了
找到妹妹的过程和埃米尔对她的真情；
及他对信仰、家族和国家的背叛否定；
并写道："亲爱的妈妈，不要再悲怆，
因为我们将有一个出色和英俊的新郎，
现在我们要为婚礼把一切准备妥当。"

妈妈听到这消息，向上帝感恩称颂：
"赞美你的亲爱和仁慈，噢，耶稣！
赞美你的伟力，给无望的人以光明！

第二卷 关于边境之王的出生

你是宇宙中最高的意志；你无所不能；
因为只有你能驯服了我们的这个敌手，
也只有你啊才能让我的女儿绝处逢生。
啊，我心肝宝贝女儿呀，我眼睛的光，
何时能听到你声音，看到你鲜活面容？
看！我已为你的婚礼把一切准备停当！
然而，新郎与你的美丽相比是否合适，
他的品性能否与高贵罗马人情操兼容？
我担心，亲爱的孩子，他是个无情的、
残暴的异教徒，我的生命将无法担承。"

当将军夫人心情兴奋，如此唱歌时光，
这埃米尔和那少女的几个兄弟们一起，
也欢喜而疲倦地走在回程罗马的路上。
当他们走近家乡，接近了自己的住房，
大群的亲戚朋友出来迎接，喜气洋洋，
然后是那将军夫人，身着华丽的盛装。
然而，谁能讲述出见面时所感觉到的
无比快乐，谁又能描绘出这场景的模样？
这些孩子们怀着爱慕情感与妈妈亲吻，
妈妈在她的孩子们面前也是欣喜若狂。
看到新郎时更是满意无比，兴奋异常。
她全身心地向上帝表达感谢，赞美道：
"主啊，基督！无论谁的希望你都满足，
从来也不会让他的那真情的心愿失望。"

随即他们来到大厅,举行了隆重婚礼,
神圣洗礼后埃米尔成为被认可的新郎。
热闹的气氛和无边的喜悦越来越浓郁,
因为埃米尔享有了他最挚爱的新娘。
的确,世间没有比爱情更大的快乐,
但更强烈的爱又出自被挫折所激起,
更欢喜是他终于获得了挚爱的姑娘。
他们结合后,姑娘很快怀有了身孕,
生下混血儿巴西勒,这个边境之王。
同时埃米尔与妻子的感情日益增强。

埃米尔的妈妈从叙利亚送来一封信,
字里行间充满了抱怨、责备和感伤:
"你让我瞎了双眼,熄灭了我的光,
亲爱孩子噢,你为什么把妈妈遗忘?
为什么背叛你的家族、国家和信仰,
让全叙利亚的人都被钉在耻辱柱上?
在每个人眼中,我们变成了可恶的
伊斯兰信仰的拒绝者、法律的罪人,
是不遵守先知穆罕默德箴言的孽障。
有何隐情,儿子,为何把一切忘光?
为什么你不再铭记你爸爸的业绩:
不是他诛杀罗马人,让他们做奴隶,
并把罗马的将军们塞满了各地牢房?
难道他没有抢掠过大片的罗马区域,

并作为俘虏带回来美丽的贵族姑娘?
难道他不是像你也受到过犯罪诱惑?
就是说当他陷入罗马军队的重围时,
他们的将军不是也令人敬畏地发誓:
罗马的皇帝将让他成为显赫的贵族,
骑兵统领,条件是他把剑扔在地上。
但是他遵守了先知穆罕默德的律令,
轻视那名声,蔑视那财富,宁死不降,
最后被砍得粉碎,他的宝剑也被夺抢。
但你,尽管没有被强迫却放弃了一切,
包括信仰、亲人,甚至我,你的亲娘。
我的哥哥,你舅舅穆尔塞斯·卡洛埃斯,
曾带人把海岸边的士麦那城袭击掠抢,
摧毁了安卡拉,还攻克了阿拜多斯城①,
以及阿菲里克②、塔兰达和赫克萨科米亚③,
将其彻底征服,尔后返回叙利亚故乡。
但你抢了些什么?你这不争气的儿郎!

---

① 城镇名。故址在今达达尼尔海峡东岸土耳其恰纳卡莱市的东北。阿拜多斯城为色雷斯人所建,约公元前670年成为米利都人的殖民地。公元前480年薛西斯在此搭舟为桥,横渡海峡,入侵希腊。公元前200年此城人民顽强抵抗了马其顿进攻。该城存在至拜占庭后期。另有一同名的埃及北古城,建于公元前3000年,为奥西里斯(Osiris)的崇拜中心。

② 英译本误作塔菲里克(Tephrike),参见伊莉莎白·杰弗里斯(Elizabeth Jeffreys)辑译格罗塔费拉本第28—29页,剑桥大学出版社,1998年版。

③ 希腊语原文作'ξακωμίαν,虽然ξξ一词在希腊文中作"六"讲,但'ξακωμία含义不明,英译者将其理解为"六城"似有不当,译者为稳妥计,取地名音译。详见注释2所引原书同页。

你本来可以得到全体叙利亚人的赞美,
但却都被你贪吃的猪一样的爱情毁丧。
每个清真寺会把你当成诅咒的坏榜样!
如果你不马上返回到叙利亚你的家乡,
地方的酋长们打算把我扔进河里溺亡,
你原来的那些迷人的美女们也将会被
分配给其他的男人,成为他们的新娘。
那些迷人的美女,尽管为你叹息哀伤,
但她们对你的感情也不会总保持原样。
噢,我甜蜜的孩子,可怜你的妈妈吧!
别让我在年老走进坟墓时带着悲伤,
也不要让你的后代们被不义地毙亡。
不要忽略你的那些迷人少女的眼泪,
否则伟大真主将把你根除于世界上。
你会看到,我给你送来了精选骏马,
骑着枣红色那匹,牵着黑色在身旁,
让那栗色的在后跟随,别让人赶上!
这样你就可以很快安全地回到家乡。
如果惋惜那个罗马姑娘,把她带上。
但你若不听我的话,将被诅咒遭殃!"

带着她的信,一些精选的阿拉伯人
用最快的速度向罗马人的国度前进。
很快到了遥远的叫拉科彼得拉的地方。
他们找了一个隐秘的地点安下营地,

第二卷 关于边境之王的出生

然后,找来传信人,把缘由和他讲:
"如果你愿意,现在出发——趁着月光。"

埃米尔阅读了他妈妈的来信之后,
生出了一个儿子对母亲的怜悯心肠。
他对孩子和他们的母亲也感到内疚,
更嫉妒担心自己女人被送上他人眠床。
他从来就没有一次忘记过从前的爱侣,
尽管对少女爱使他先前的爱变得淡化,
这正像更大痛苦让小的痛苦变轻一样。
他身处两难,要把事情解决不再彷徨。

来到挚爱的房间,开言直面他的姑娘:
"我有一个特定的秘密要坦言于你,
但我害怕,亲爱的,你听了会心伤,
让我看看!时间能否确凿向我证明,
你对我的感情是不是那样纯粹透亮。"
当她听到了这些话儿,一阵刺痛穿心,
深深地一声叹息,发出了如下声响:
"噢,最甜蜜的丈夫,主人和保护者,
你从来没对我把令人不快的言辞谈讲。
有什么事情能够改变我对你爱的衷肠?
即使你让我去死,我也不会拒绝推搪,
因为在绝境才能证明我对你爱的坚强。"
"别想到死,亲爱的,"埃米尔回答,

"让你去死天理难容,我灵魂的蜜糖!
不是死,而是我妈妈从叙利亚来了信,
我的行为让她濒临死亡,我要回去一趟。
亲爱的灵魂,你若愿意和我一同前往,
那样的话我就不会和你分开片刻时光,
我们也会用最快的速度再次返回家乡。"
"太高兴了,我的主人,"姑娘说道,
"无论你命令去哪儿我都服从,请别忧伤。"

然而,上帝却显示了不可思议的异象:
他把这秘密计划在一个睡梦中曝了光。
那个少女最小的弟弟看到了这个梦境,
立刻从睡梦中惊醒,召唤来他的兄长,
把自己在梦中所看到的异象描述甚详:
"我虽在屋子里,但梦中却坐到半空,
看到一群雄鹰正朝着拉科彼得拉飞翔。
一只满怀敌意的猎隼正掠捕一只白鸽,
紧紧地追逐着并要把她牢牢抓在手上。
最后两只鸟儿一起飞进一个幽闭房间。
而这屋子恰恰是我们妹妹和妹夫住房。
我迅速跳起来,跑过去拼命地把她追赶,
然而此刻我却从梦中惊醒,精神恍惚。"
哥几个中的老大听完后开始解释此梦:
"据说,猎鹰是掠夺成性的人的征象;
你看到的那只猎鹰代表着我们的妹夫,

那将受到伤害的白鸽是我们妹妹命相。
现在让我们前去你梦境曾看到的地方,
也见识一下你所看到猎鹰飞翔的情状。"

他们立刻牵出马来,骑着去了巨石旁,
在那里发现有阿拉伯的人和马隐藏,
眼前见到的情景让他们感到震惊异常,
"我们妹夫的伙伴,"他们叫嚷,"热烈
欢迎。但为何不去屋里却呆在这地方?"
这些人无法否认这个事实,因为恐惧,
加上出乎他们的意料,只好一五一十
地说出了事情真相,不敢有任何隐瞒。
正如预料那样,其中包含道歉原谅。
他们马上带着这些人来到妹夫面前,
斥责他做出这样的事情实在不妥当。
他们那个最小弟弟,说话更加暴狂:
"你做了这个计划,就别否认撒谎!
要明白,你想回叙利亚是痴心妄想!
既然你证明自己是个无法无天的人,
离开我妹妹,也别说孩子是你生养。
带着你的东西,滚回你所来的地方!"
埃米尔听到此,知道他们已了解真相,
面对大家质问,只好沉默,无法开腔,
内心充满了羞愧、恐惧和破碎的思想,
计划被发现的羞耻,作为生人的恐惧

和与最亲爱女孩分离等想法令他悲伤。
不知道该做什么,他去找亲爱的姑娘,
要在她那里寻找出一些安慰的希望。
根本不知道这是上帝用梦显示的异象。
"为啥你把秘密透露?"他流泪叫嚷,
"这就是你的爱,和对爱的承诺担当?
难道之前没有把我的想法全部对你讲?
难道你不也是很高兴地同意和我同往?
难道我强迫了你,或用暴力对你用强?
相反,是你迫使我允许让你一起前去,
要把那前去和回来旅程的快乐共享。
然而,在上帝面前你眼里就没有恐惧,
你竟然让你的兄弟们来把我性命杀伤。
你是否还记得我们俩的第一次相见?
我俘获了你,却给你尊荣如贵妇一样。
我希望一人是奴隶,但是我而不是你,
为了爱你,我完全背叛了家族和信仰,
为了爱你,我来到罗马人之国到你府上。
现在,姑娘,你给我的报答却是死亡!
看着我!亲爱的,不要违反我们誓言;
更不要否认我们俩所拥有爱情的甜香。
因此,假如你兄弟们攻击或者逼迫我,
我定会抽出自己的利剑,自刎身亡,
上帝将会对我们两人的是非做出评断!
然后,你们一些小气贵族会把你责难,

指责你没能把丈夫的秘密守护在心房,
你和大利拉把参孙送上屠场行为同样。"
此时埃米尔就这样对着姑娘边哭边讲,
他似乎认定就是姑娘泄露了他的计划——
受辱的爱情确实会让人变得冷若冰霜。
听到这些言辞,姑娘失去了说话能力,
全部话语都堵塞在胸腔之中不能言讲。
只是长时间目光低垂、神情极度沮丧。
常言说,有罪者常常寻找借口进行狡辩,
而那些无辜的人则总爱沉默,一声不响。
最后,她终于打起精神,拼尽全身力气
流泪把话讲:"为什么你责骂我虚伪?
为什么你要谴责世界上最爱你的姑娘?
苍天作证,我并没有泄露你的计划!
如果那样做,地狱将吞噬我生命之光。
就让我成为世界上一个不能保守丈夫
的秘密,并将它出卖给世人的极坏榜样。"

眼瞅着埃米尔的悲伤和痛苦不断增长,
因为被痛苦的极度折磨令他几乎疯狂——
我们知道,巨大的苦痛会导致精神恍惚,
很多人就因此变得不顾一切和走向疯狂——
这姑娘非常害怕丈夫用自己的宝剑自戕。
于是她撕扯着头发,跑去找自己的兄长:
"甜蜜的哥哥,你们为何毫无理由折磨

这没有罪错的人？看吧，他正走向死亡！
看吧！他将会被自己的疯狂把性命失丧！
上帝面前，兄弟们，不能让客人被冤枉，
为了我，他曾背叛了自己的家庭和信仰！
事实上，他从来没有想与你们争斗对抗！
他要走是因为害怕他妈妈的诅咒，只是想
先回叙利亚，然后带妈妈回到咱这地方。
他曾给我看了妈妈来信并把计划和我讲。
对了，你们不是也曾经害怕妈妈的诅咒，
几个人就冒险前去和他的数千士兵较量？
为了我，你们不也曾义无反顾投入战斗，
妈妈的诅咒难道真的就轻于不害怕死亡？
他要走，也是和你们所害怕的事情同样。"
这姑娘对着兄弟们一五一十把实情讲，
其间不断撕扯着头发，热泪奔涌流淌。
哥儿几个不忍心再看到自己妹妹痛哭，
不断亲吻安慰她，并异口同声地喊道：
"你这可爱的心控制了我们所有人心房！
当然，如果你想让你丈夫前往叙利亚，
就让他当着上帝的面保证：必须回来，
这样我们都会祝福他的旅程快乐吉祥。"

说完，他们立即前去把自己的妹夫拜访，
请他原谅哥几个儿的懵懂鲁莽。并说道：
"兄弟，忘记我们粗鲁无知言辞的冲撞，

但一切过失全在于你，不是我们的缘故，
谁让你事先不告诉我们你要离开的事项。"
因为埃米尔把他们原谅，大家互相亲吻。
然后，他面向东方，双手高高举在头上，
高喊："噢，基督！噢，圣子和圣灵，
你引导我得见那无所不知的上帝之光，
是你拯救我走出了黑暗和怀疑的迷惘，
你更洞晓人心底秘密逻辑的伸合曲张：
假如我有过忽视我最亲爱妻子的想法，
或把甜蜜的花朵，我们可爱孩子遗忘，
而故意拖延不尽快从我妈妈那里返回，
我必定被山中的鸟儿和野兽啖肉食皮，
以后不能再有尊享基督徒的荣光！"
随后，他开始为返回故乡上路做准备，
在十五天中把一切都安排得妥当周详。
由于他出发离开的时间众人都已知晓，
所以大群亲戚朋友蜂拥前来聚集一堂。
人们可以看出他们夫妻是何等的恩爱，
埃米尔用他的手一直紧紧地拉着姑娘，
并单独和她一起走进他们的爱巢闺房。
如雨的泪水在他们的心房激烈地搅动，
彼此都听见对方心底发出的叹息声响：
"给我你的诺言，还有你的戒指，夫人，
让我带着它，一直到我回到你身旁！"
这姑娘长声叹息，对埃米尔把如下话讲：

"我金子般的主人，别逾越你的婚誓；
你若缠上另外女人，上帝会让你输光，
上帝是公正法官，他的判决严厉异常。"
埃米尔答道："如果我那样做，亲爱的，
或者说我背弃我们之间狂热爱情理想，
或者说我让我那高贵的达令心灵受伤，
就让土地裂开大口，地狱将把我吞噬——
那我还不如从未拥有你这精灵的芳香！"
伴随着温柔的拥抱和不知餍足的亲吻，
时间一分一秒的流过了好漫长的时光。
两个人都已衣襟湿透，泪水恣意汪洋，
他们都不能忍受彼此之间的相互分离，
在众人面前全然没有一丝害羞的伪装。
因为爱的本性本来就应该是坦坦荡荡，
那些会亲吻的人都知道这是爱的本相。
随后，他伸开双臂抱起了自己的儿子，
在远处的人都听见他流着泪在把话讲：
"上帝难道没有让我把你看成杰出者，
最甜蜜孩子，在我面前像个骑士一样？
或去学习使用矛枪，我混血的儿子呀，
不是只有这样，亲戚们才会把你夸奖？"
看着埃米尔这样，大家也都泪水成行。

随后，装备好迅捷而训练有素的骏马，
埃米尔的伙伴们首先疾驰冲到大路上。

第二卷 关于边境之王的出生

随后埃米尔也翻身上马,加鞭奔驰相随,
后面紧紧跟着送行的亲戚朋友一大帮儿。
大家陪伴他到了三里之外才停住脚步,
埃米尔拥抱了每个送行者,让他们回去,
然后和伙伴沿着大路日夜兼程驰往故乡。

第三卷

埃米尔带着他的妈妈从叙利亚返回

【回到叙利亚的埃米尔作为一个变节者受到他妈妈的责备和申斥,但埃米尔却使她转变成了基督徒并说服她和自己一起回到了罗马人之国。】

应该说,每个恋爱的人都是爱的奴隶,
因为他是遵从心灵感受来判断的法官,
而不是拘泥于爱的方式和途径的笨驴。
他射出的爱情之箭,会直接射中心灵,
爱火一经点燃将烧掉一切理由与规矩。
被爱火点燃的人就像着魔,无法逃脱,
无论巨大的财富和显赫名气都没意义,
因为那意识刚一唤醒,立刻会被爱窒息。

机缘偶然,卓越的埃米尔也是如此,
为了爱情,他蔑视荣誉和最高的权位,
也忘记了他的国家、他的父母和亲戚。
为了爱恋一个真正的出身名门的可爱
少女,还彻底将自己原有信仰弃如敝屣。
从前的敌人眼瞅着成为了爱情的奴隶,
为了他的爱,宁可生活在罗马人国度里。

即使在接到妈妈从叙利亚送来的信函后
打算离去,也是出于对妈妈诅咒的恐惧。
事实上这恐惧对愤怒父母来说并不适宜。
超越对他的诅咒,他的家人商量了一切,
自他上路后要给他在路途上快乐与安逸。
为了安慰他的姑娘,他编了一首歌曲:
"男人,绷紧肌肉!战马,不要逃避!
在白天疾驰赶路,夜晚保持头脑清晰,
不管天气是冰霜降落,还是飘雪下雨,
我们都决不能耽搁那约定的回程日期。
如果晚回去受到责备,那还不如死去!"
"别了,亲人和朋友!"他又加一句。
拥抱了每个人,并乞求他们祈福安祺。
大家立刻按他愿望祈祷,异口同声说:
"仁慈上帝会保佑你的旅途一切顺利,
愿上帝赐予我们能够尽快地看到你。"
送行的人全都重新返回了他们营地,
大家心情很坏,四处笼罩着沮丧气息。
因这是他和他所爱的全体人员的别离:
离别烧伤了每个人心灵,让心脏压抑;
分离已完全把大家的理智损害和抛弃!

埃米尔匆忙地出发踏上回乡的路途,
每天都给他的所爱送去信件报告消息:
"我乞求你为我祷告而不是叹息悲戚。"

同时他满怀着深情对伙伴们发出乞求：
"首领们，伙伴们、朋友们和哥们儿，
为了我，请忍受过度劳累和保持警惕；
因为你们此前都曾立下了誓约和诺言，
说你们愿意为我去死，绝不把我抛弃。
但现在的劳作并非去死，是为爱的甜蜜。
我的灵魂正在燃烧，我的心花已枯萎；
我知道咱们要去的地方有遥远的距离。
朋友们，我们不是已穿过了可怕的平原，
走过了令人恐怖的山峦和危险的关坳，
要去到那赫拉哈布①去见我可爱的妈咪？
我们不是还要返回美丽的罗马人之国
要把那经历过的一切再来重复一次？
我不是还要再见到我那美丽的白鸽，
和那漂亮的花朵，我的帅气的儿子？
谁能提供我一双翅膀让我飞向他们，
亲爱的，让我在你怀抱里有片刻歇息？
醒着的时候，她不是常常为我叹息，
每天都对着大路翘首盼望我的归期？
一个个愁闷思绪袭扰我那心爱的人，
担心、恐惧和焦虑日益增多和持续。
噢，高贵青年人，我的好伙伴们啊，
让我们抖掉睡梦，把懒惰彻底丢弃，

---

① Rachab 源出希伯来语，意为"行走的旅者"或"海洋的主宰者"。

我们要迅速到达那赫拉哈布雄伟城堡,
快把事办完,好返回罗马之国的府邸。
你们常被我从危难中救出,很多事情
我都跳过去不想再提。这里只说一说
最近发生在麦罗考皮亚那件事的经历。
当时敌人的将领们把我们完全围住,
士兵站在四周就像坚固的铜墙铁壁。
你们被赶进了濒临死亡的绝望境地,
被围在他们中间,如同被关进了坟墓,
已经没有任何的希望能够逃脱躲避。
但我策马向前,孤身杀入敌人中间,
你们都知道我把多少敌人送进地狱。
杀得他们四处奔逃,个个狼号鬼泣,
我们不仅毫发无伤,还有大量获俘。
此刻没有战争,爱情就是我们的工作,
在这个任务中我乞求你们帮助和鼓励。"
这些话语,还有很多,都是埃米尔在
路上,带着心灵痛苦对伙伴所倾诉的。
爱情也点燃那些对他服从的人,以至
大家都向他告白,蔑视一切艰难险惧。
伙伴们满怀着真情对他说:"主人啊,
为了赶路你可在所希望任何地点露宿,
我们不会去偷懒或找借口停下步履。"
随后出现令人惊奇景象,但无人怀疑,
由于爱情的帮助和全体同伴们的努力,

他们一天走的路程相当于三天的距离!

这天他们来到了一个杳无人迹关隘处。
埃米尔环绕四周,目的是把伙伴保护。
当他们正通过一个令人恐惧的通道时,
发现一头可怕狮子正在扑捉一只小鹿;
看到这个可怖情形,他的伙伴被吓得
失魂落魄,立刻飞快逃向了山峦顶部。
令人恐惧气氛中,埃米尔对狮子发怒:
"怎么胆敢如此胡来?你这危险牲畜!
怎敢站在那里挡住通向激情之爱的道路?
我给你应得的奖赏就是让你一命呜呼!"
接着,他用狼牙棒狠狠地砸向狮子腰部,
这可恶的猛兽立即倒地而死,气息全无。
随后,埃米尔指挥命令跟随他的伙伴们:
"立即前去拔出这头野兽的每一颗牙齿,
同时也要把它右前爪上的尖利指甲拔出。
这样,当我回到罗马之国时,上帝保佑,
我将把它们送给我漂亮儿子,即混血
的卡帕多西亚边境之王——作为礼物。"
随后他们又急匆匆地踏上了前进的路途,
在急速行进中不断地把其他旅行者超出。
没有任何人松弛懈怠,也无人把觉睡足,
爱让每个人都渴望比别人有更多的付出。

现在,他们终于走近了赫拉哈布城堡,
埃米尔命令把帐篷搭建在城外暂住,
并立即派遣他的两个伙伴进入城中,
他们可以把回来的消息向妈妈告诉。
两个伙伴把这事儿进行得非常迅速,
当他的妈妈听到这二人带来的消息,
高兴异常,竟然差一点儿就翩翩起舞。
埃米尔的亲戚们也听到了这个音讯,
立即聚拢在一块儿,都来迎接欢呼。
当大家快走到埃米尔驻扎的营地时,
他立即徒步向大家迎来,脚步急促。
亲戚朋友认出了他,立刻翻身下马,
满心喜悦,眼眶里面都溢满了泪珠——
好事突然到来,欢乐总带着泪水如注——
大家紧紧拥抱他,相互分享着爱慕。
亲属们在这边亲吻他时,他妈妈和
他的美人们——实际上她们带着他
的孩子们一起前来——也已把持不住
她们紧抱着他反复亲吻根本不知餍足,
恨不得粘在他身上,不想有片刻耽误。

随后,他们一起来到帐篷安坐下来,
到此时,埃米尔的妈妈才开始把口开:
"噢,我最甜蜜孩子,我眼中的光啊,
你是在我晚年时期我的灵魂的慰藉,

你让我欣喜和快乐,让我内心愉快。
可你为何一直在罗马之国闲逛徘徊?
看不见你,我就没有看到光明的希望,
就像没有阳光,大地就没有生命精彩。
难道奇迹只会在罗马人之国那里发生?
这样的奇迹不也在这里曾显露出来?
孩子,你是否还记得,你和我一起在
先知墓前,我祈祷时所显出的奇迹来?
你不是在一个漆黑的夜晚看到了奇迹,
那时,没有光,但有壮丽光芒从高空
照下来,使整个房宇灌满耀眼的光彩?
你不是看到了熊罴、猛狮、豺狼和绵羊
以及各种各样野兽聚集一起摄取食物,
这一个对那一个根本没有任何的伤害。
纯粹地、坦然地一直等到祷告的结束,
它们不是在屈膝感恩后,才各自离开?
在罗马难道也会出现这样伟大的奇迹?
难道我们就盼不来乃缦①的毛巾吗?
作为亚述人国王,他不是认为更有价值
的是他的美德,唯此能够抵挡世间尘埃?
为什么,儿子呀,你要冒犯这所有的一切,
鄙视官吏职责,把最高贵声望脚下踩?

---

① 乃缦是叙利亚亚兰王麾下一名德高望重的将军,曾罹患麻风之症,后被先知以利亚的学生、助手和继承人以利沙(Elish)所治愈。典出《旧约·列王纪下》第 5 章 1 至 19 节。此处乃缦的毛巾喻指抵挡灾祸的屏障。

大家认为你出兵为的是前去征服埃及，
但是没想到你却成为自己最坏的敌人，
只是为了一个罗马姑娘就把一切搞坏。"

她还想如此这般继续去说其他的事情，
但被儿子打断，年轻人对她敞开胸怀：
"妈妈呀，我熟知你所说的一切事件，
但那至高上帝认为对于我最适合的是
必须要把我从恶兽的嘴里拯救出来，
并认为我配得上在水中重生建立功业——
上帝总是欣然地去让我洞悉精神贫困
并希望尽可能地为我承担和忍受罪孽——
我所信奉的上帝，**他**是万物之父，是他
创造了天空、大地和未曾见过的世界。
主啊，耶稣基督，圣子啊，圣灵，**你**是在
那一切的时间之前由圣父所'受生'，
是光中之光，伟大和唯一真正的神灵。
他将亲临大地上来拯救我们芸芸众生。
耶稣啊，**你**是那处女妈妈玛利亚所生，
为把我们拯救，在十字架上遭受苦痛，
带着**你**那巨大尊荣被埋葬在坟墓之中，
但三天后**你**从死亡中复活向天国飞升。
这正如《圣经》中教导过我们的那样，

升天后的你安坐在神圣天父的右手边,①
在天父的那永恒的天国中享受着永恒。
是全能的圣灵创造了宇宙中一切生命,
这就是我所信奉的圣父、圣子和圣灵。
我忏悔洗礼,祈祷上帝宽恕我的罪行,
等待从那万劫不复的可怕死亡中复生。
这就是我们违背原有信仰得到的回赠,
作为正义的宽恕已经得到了上帝答应,
那就是在未来的时日里将会获得永生。
那些全身心信仰'三位一体'的人们
将会受到洗礼,以全能的天父和他的
永恒受生的儿子以及全能的圣灵之名。
万物复苏,不会再有毁灭,只有永恒。
甜蜜的妈妈,那些不知道这些的蠢人,
将会在永不熄灭地狱之火中受到严惩,
在那里有无尽的泪水和被撕咬的巨痛。"

埃米尔的一席话,打开了那通向真正
信仰的路径,接着又对妈妈说了真情:
"我要走,亲爱的妈妈,回到罗马之国,
准许我回去把对三位一体的信仰践行。
除了灵魂,整个世界都没有什么价值,
如果贪恋现世一切,我必将失去魂灵,

---

① 在《圣经·新约·福音书》里说,耶稣升天,坐在全能神的右边。

在最后审判日子,根本没有得救可能。
那时候,上帝将从天国审判这个世界,
召集全部灵魂将其安置在该去的阶层。
那时异教徒将会听到神圣判决的声音,
会被扔出天国,被地狱烈火烧烤烹烘,
我们会待在地狱与魔王一起共灭共生。
之所以如此下场就因为违背**他**的命令。
而那些虔诚信奉基督的人将非常荣幸,
那些服从**他**威严律令人像有太阳照明。
他们会听到他们的至善主人发出声音:
'往前来吧,尔等被天父赐福的信众,
美好的天堂王国我已为你们预备笃定。'
这些信奉基督的信徒们将会走向永生;
审判非常公正,给予奖赏也非常相应;
妈妈呀,若你想让自己人生富于价值,
从那地狱的永恒黑暗和烈火中赎身,
从徒劳的谬误和虚幻的神话中逃命,
那就在三个位格上来认识上帝吧——
他由全部不含混物质凝为一体构成。
相信你的儿子,跟我走吧,我将让
你在圣灵中得见天父,在你受洗时,
我会作为赞助人帮助你获得重生。"
这些就是埃米尔回答他妈妈的话语,
他妈妈没有把他金玉良言拒绝不听,
这些话就像好种子撒入优良的沃土,

结出果实颇丰。她立即把态度表明：
"为了你，儿子，我把三位一体信奉，
我很高兴去罗马人的国度，和你同行；
为求得对罪孽的宽恕，我愿接受洗礼，
我承认并感谢通过你看到上帝的光明。"
此时刻，他的亲属们也都聚集在此，
还有和他妈妈一同前来的其他人等，
大家都高喊着承认基督，异口同声：
"我们都愿意和你一起去罗马人之邦，
和你一样接受洗礼，以求获得永生！"
埃米尔赞美他们的意愿，随即说道：
"光荣属于**你**，那唯一的爱的上帝，
你最大意志并不是让那些罪人死亡，
而是通过怜悯令其回归于**你**的怀抱之中，
让全体民众在**你**的天国里泽恩沐宠。"

随后，他们携带着数不尽的金银财宝，
全部族的人一起出发向罗马之国前行。
当他们来到了卡帕多西亚的一个地方，
埃米尔和他的伙伴们商量了一件事情：
"我有一个想法，我的勇敢的士兵兄弟，
我要先走一步，表达我的致意和尊敬。
如果其他人先到，我将被我所爱的人
当做是勉强回来，将被看成无义无情。"
对他的想法，大家一致叫好完全赞同，

因为这做法正好与他的爱情相辅相成。
他马上改换装束,换上了罗马人华服:
一件无袖武士外套缀满金饰,上面有
紫色和白色相间的丝线绣成的格里芬。①
珍贵洁白的头巾镶嵌着黄金制作的姓名。
在星辉掩映中,他跨上一匹栗色的健骡,
又带上三个贴身的伙伴,立即启程先行。
正如人们所说,他是飞到了自己家中。
一进大门他就带着极大快乐高声叫喊:
"我最亲爱的鸽子,快来迎接你的雄鹰,
给那从国外回来的旅人以安慰和放松!"
听到喊声,姑娘的婢女们向外面一瞥,
她们看到了埃米尔,立刻对女主人说:
"高兴啊,高兴,夫人啊,主人已到家中!"
但女主人则认为他现在能回来难以置信,
因为这么短时间内突然归来根本不可能,
认为这是过度喜悦导致他出现在自己梦境。
她对婢女说:"你们不认为这是一个幻影?"
还想把许多类似这样的话说给婢女们听。
但突然她看见一个年轻的身影走进屋来,
立即被兴奋刺激得一阵晕眩,不知所措,
扑上前去,双手紧紧搂抱住了他的脖颈,
悬吊在他胸前,说不出话也没泪水奔涌。

---

① 格里芬是希腊神话中半狮半鹫的怪兽。

那非凡的埃米尔也同样像是被施了魔法,
急冲上前一把将她拉到怀中,紧紧抱住,
就这样缠在一起似乎过了几个春夏秋冬。
如果不是那将军的夫人用水把他们浇醒,
两人都会因昏厥摔倒在地而把生命了终,
因为极度超凡的爱常会导致这样的恶果,
那无法抵抗的爱也可以致人于死亡之中。
事实是他们二人此刻正经历这样的情形。
但是他们俩人几乎根本不能被分开片刻,
同时埃米尔一刻不停地亲吻姑娘的眼睛,
拥抱着她,向她问候并带着欣喜的神情:
"你好吗?最甜蜜的光,最可爱的羊羔?
你好吗?最亲爱灵魂,给我慰藉的精灵?
我那迷人的鸽子,我的优雅盛开的果树
不是你自己开花才有我们可爱孩子出生?"
随后,姑娘那不可遏制的爱开始苏醒,
开口对埃米尔说话,口吻同样甜蜜动听:
"欢迎,我的希望,你让我生命能延续,
欢迎,我的首席护卫者和灵魂喜悦的灯。
我们一切都如意,要感谢上帝伟力之功,
是他认为我们适合再一次的相聚与重逢。
但告诉我,主人,究竟发生了什么奇迹?"
"一切顺遂,"埃米尔回答,"基督施恩,
他的光照进了我的亲属和我妈妈的心中,
引导他们全都走向了全知的上帝的光明。

一会儿你将看到他们来到这里与你相逢。"
随后,他伸出双臂高举起了自己的儿子,
用从他的心底发出的话语说给儿子去听:
"可爱的雏鹰啊,何时能展开你的羽翼?
去猎杀鹞鸪,去征服那些抢劫的畜生?"
这些话就是埃米尔对儿子的寄语和叮咛。

现在他回来的音讯已经被每个人知晓,
大家涌向他的家中向他表达祝贺欢迎,
他们的欢欣快乐简直是没有办法形容。
客人们形成一个个圈子开始跳舞欢庆;
这样的快乐很快又加上了另外的快乐,
因为有人进来宣告他妈妈已抵达院中。
他妈妈在全体男男女女的注视下走来,
将军的夫人带着家人们上前把她相迎,
两族人是那么融洽人们几乎很难分清。
这是真爱的杰作,一个陌生的奇景。
谁人不为此惊奇,哪个不为之感动,
这让人们知道了爱的力量有多么神奇,
它让两个信仰不同的民族达到了兼容。

当他们走到近前,立刻都翻身下了马,
相互亲近地致意问候,加深了解沟通。
那姑娘也走上前来问候了她的婆母,
随后又高兴地亲吻婆母的好友亲朋。

就连战马也彼此间兴奋得跳跃欢腾，
整个人群欢乐气氛比先前更加厚浓。
大家来到埃米尔曾举行婚礼的殿堂，
埃米尔亲自为妈妈把受洗仪式举行，
帮助她获得了那精神和灵魂的重生。
同时，那些跟随她前来的亲戚也都
承认圣灵中的天父，甘愿皈依改宗。
普天同庆的欢愉洋溢开来，不绝如缕。
儿子因他母亲的新信仰而感到欢欣，
妈妈也因他最亲爱儿子而欣喜由衷。

埃米尔把他自己的房子进行了分配，
给了他的亲戚们让他们安住其中。
他的儿子，混血边境之王也逐渐长大，
并从上帝那里获得非凡的勇气和光荣，
那些所有见过他的人都无不震惊赞叹，
惊叹他那超人的智慧和高贵者的勇猛。
他的声名很快在世界各地被广泛传颂。

第四卷

边境之王的生活及其他

【赞词和概要。巴西勒的教育和第一次狩猎。他看见、求爱并拐走了另一个罗马大将军的女儿。巴西勒被姑娘全家人追击。除了将军和他的儿子们,他杀死了所有追击的人,并乞求将军接受他成为其女婿。举行婚礼。以后,他就生活在边境。帝国皇帝去边境看望他,并给了他荣耀的头衔。】

那非凡边境之王的功业从这里开始：
他是如何获得了那可爱少女和他的
隆重婚礼。第四卷的内容大概如此。

马上我就会唤起你们的渴望与好奇，
因为此事件一切根由都由爱情引起，
爱生出的情感变成激情的歇斯底里。
然后又一点点儿地结成了爱的果实。
按照世间一般常理，忧虑以及着急，
直接而紧迫的危险是与父母的分离。
但是怒放的青春会撕裂人们的心灵，
会鲁莽地尝试一切没有尝试的东西。
即使到大海，激情火焰也不会浇熄。
那恶族、猛犬和其他凶猛兽的危险，
在不变的激情面前也没什么了不起，
那最大胆凶恶盗贼想来也就是个屁。

第四卷　边境之王的生活及其他

有激情,黑夜是白天,高山就是平地,
有激情,不眠是休息,久远就是近期,
很多人否定信仰就是因激情的鼓励。
不要认为以上所说这一切难以置信,
我将为你们提供出值得赞美的实例。
那个高贵的埃米尔,叙利亚的王子,
他是如此迷人、英俊、野性、胆大,
有令人惊异的能力并有着良好武艺,
完全可以被看成是大力士参孙①再世。
参孙曾用他的双手撕碎了一头猛狮,
而埃米尔杀死狮子的数目难以统计。
没有荷马记录,就没有阿喀琉斯故事,
也没有赫克托尔事迹,他们属于虚构;
而有着强大目标的马其顿王亚历山大,
在上帝的庇佑下,要把世界主人做起。
他曾带着无比坚定的意志,承认上帝,
正是从上帝那里获得了胆量和勇气。
甚至连老费洛帕波斯,爱奥那克斯和
凯纳摩斯的故事②,也不值得一提,
他们仅仅是自吹,没有什么真本事。

---

① 《圣经·士师记》中领导抗击非利士人的古代犹太人士师与英雄,天生神力。
② 费洛帕波斯等三人,是拜占庭 10 世纪前后传说中最著名的歹徒和盗匪。该部史诗的其他版本中说,狄吉尼斯成年后的第一次大行动就是深入著名盗匪费洛帕波斯的巢穴,巧妙周旋,与强盗展开了面对面的力量与智慧的较量,最后取得大胜。在本版本的史诗中,没有包括这样的情节,但在其他的版本中,则表现出了这方面的内容。参见本书的附录二。

但这个埃米尔的行为却有真实证据：
安布罗恩是他祖父，卡洛埃斯是伯父。
他曾带领着精心挑选的三千枪骑兵，
占领了库费①，征服了叙利亚全境土地。
然后挥师杀入了罗马之国的某个属地，
夺取并攻占赫拉克勒斯领地上的城堡，
疯狂地抢掠卡帕多西亚以及查尔扎尼。
他抢走了杜卡斯家族那个可爱的女儿，
只因为她有着难以描绘出的超人美丽。
他否定以往的一切，包括信仰和声名，
为了她，变成信奉东正教的基督教徒；
罗马以前的敌人甘愿成为他们奴隶。
结果是他们真挚爱情结出了可爱硕果，
这就是有着他的血脉，取名为"巴西勒"
也被称作"混血儿"的儿子的呱呱坠地。
他流着异教父亲和罗马母亲的双重血液。
正如本故事要展示的，他变得十分可怕，
在边境征战中获得了"边境之王"美誉。
安塔基诺斯，凯纳摩斯家族的一个英雄，
也就是他的祖父，被帝国皇帝流放死后，
巴西勒前途变得更加光明，声誉鹊起；
全部想法就是做个卓越将军，安宁边地。
外祖母就是将军夫人，一个杜卡斯家后裔，

---

① 库费是当时伊拉克学术中心。

他舅舅们就是他妈妈的那几个神勇兄弟。
他们曾为了自己的妹妹与神奇的埃米尔
也就是他的父亲,进行过决斗一争高低。
因此他是来自显赫的罗马人家族的一支,
世人都赞美和敬佩他的非凡胆量和勇气。

现在就让我来讲述他的辉煌业绩:
这个巴西勒,令人惊奇的边境之王,
他的父亲曾给了他极为良好的教育。
在童年,父亲用整整三年教他课程,
他那机敏的头脑掌握了众多的知识。
随后,又学习了马术和狩猎的技艺,
每天都和父亲一起做这方面的练习。
一天,巴西勒对父亲发出请求话语:
"主人啊,父亲,我的灵魂非常渴望
在与野兽们的交战中去检验我自己。
假如你真的喜爱巴西勒,你的儿子,
就让我们到外面找个有野兽的地方,
你才真正知道烦恼我的是什么问题。"
听到他那可爱的儿子说出的这番话,
父亲非常兴奋,比听到什么都高兴,
带着极度的愉快把儿子亲吻个不停。
"噢,可爱儿子,噢,心肝和灵魂,
你愿望那样甜蜜,你言辞如此动听,
然而此时还不合适你去与野兽争锋。
因为和野兽搏斗非常恐怖,你不过

是个十二岁的孩子,仅仅一打年龄,
现在不适合去做和野兽搏斗的事情。
不行!甜蜜儿子,这话要记在心中,
没开花之前别让你这可爱玫瑰凋零。
如上帝愿意,等你完全长大成人时,
不用开口我也定会满足你搏斗愿景。"
这高贵的少年听到爸爸的这些话语,
感到极其悲伤失望,心里面隐隐作痛,
眼眶含着热泪,对他爸爸开口言声:
"假如我成年后才能做这样高尚行动,
对我有何用?我和别人又有何不同?
我当前最想的就是为家族增添声名。
亲爱的恩主,我现在就想让你高兴。
你将有个强大的、勇敢的仆人,那我
在战斗中可以成为你的援手和同盟。"
他爸爸对年轻人的热情表示了赞同,
因为在他童年就显示出了高贵品性。

第二天早晨埃米尔带着他的内弟,
就是最小的那个金发的君士坦丁,
还有他的儿子那高贵的边境之王,
以及从伙伴中挑选出的几个骑兵,
径直地穿过了沼泽地来到森林中。
在那里远远地就看到凶残的黑熊;
是一公一母,还有两只幼崽随行。

他舅父喊:"小子,现在看你威风!
除了棍棒,刀剑和其他武器都别用,
因为用刀剑与熊格斗不值得称颂。"
看起来这是个奇异又可怕的情景,
当他听到舅父呼喊声,这个孩子
立即跳下马来,把腰缠皮带解开,
脱下紧身外衣,让胸膛空间宽松,
然后束紧衬衫下摆,并掖在腰中。
随即扔掉头上骆驼毛编织的帽子,
像一道闪电从他那身盔甲中跳出,
只有一根简易的木棒握在他手中。
在奔跑时带着他那巨大力量前冲。
现在他们已经逐渐靠近了那群熊,
母熊出于对幼崽的爱护,向他扑来,
大声咆哮想把他撕咬,恐怖狰狞。
没有猎兽经验的这个年轻的勇士,
并没侧身向后猛抡去使用他大棒,
而是快速攻击,伸手抓住它腰当中,
用双臂紧紧箍住熊身猛力一压挤,
那母熊五脏六腑从嘴中往外喷涌。
公熊立即从树丛冲出跑进沼泽中。
他舅父忙喊:"孩子,别让它逃命!"
边境之王匆忙地丢掉手中的大棒,
像雄鹰飞一般地抓住了这头公熊。
公熊掉转头来向他张开血盆大口,

急促地想把少年脑袋一下子咬崩。
但这孩子迅速地抓住了它的颚骨,
上下猛掰,在地上摔打狠狠摇动,
扭转它的脖子,弄断了它的脊梁,
使其性命直接报废在孩子的手中。
被黑熊的吼叫和爪子击地所搅动,
一只雌鹿突然跳跃出茂密的树丛。
埃米尔见状大声呼喊:"儿子啊,
注意看,你的前面那里有个畜生!"
听到爸爸提醒他像一头豹子冲出,
只几步就追上了奔跑逃命的雌鹿,
双手将雌鹿两条后腿紧抓在手中,
猛然用力雌鹿一下子被两半撕成。
有谁不为上帝赐予他的力量惊奇,
不赞美他盖世无双的力量和神勇?
这确实是个神奇而令人震惊举动,
一个没骑马孩子能抓住疾驰雌鹿,
还赤手空拳杀死几头凶猛的黑熊。
的确,这孩子是上帝送来的礼物,
受到了坐在上帝右边耶稣的垂青。
啊,他那可爱双脚赛过飞翔的翅膀,
那不可思议的步履如同瞪羚跃腾,
最令人畏惧的野兽也会被他战胜!
此时在场的人目睹了所发生奇迹,
无不惊讶地相互倾诉着敬佩之情:

"圣母,这年轻人完全是个奇景!
他根本不是来自这地球上的人类;
是伟大上帝赐予了他全部的勇猛
以便从他身上去把自己喜悦见证,
看他在战斗和奔跑所带来的光荣!"
当他爸爸和舅父一起谈论的时候,
一头威力巨大狮子冲出了芦苇丛,
快速转动身子绕着圈把孩子死盯,
看他在沼泽里拖着杀死野兽前行。
他左手拉着那个劈成两半的雌鹿,
右手则拖着刚刚杀死的几头猛熊。
他舅舅大声喊:"快来这里,孩子,
扔掉那些猎物尸骸,我们这些人都
可以做你这个高贵孩子行为见证。"
孩子对他回答,话说得如此鲜明:
"若一切事情都如上帝所愿实行,
如果我得到我父亲和母亲的祝福,
你们会看到猛狮的死和黑熊相同。"
随即他手无寸铁向猛狮发起进攻。
他舅父连忙喊道:"拿起你的利剑,
这可不是你撕碎的雌鹿能轻易搞定。"
而这个年轻人立刻向他舅父回喊:
"舅父和主人,上帝定能够也让它
像其他的野兽一样死在我的手中。"
握紧利剑,他转头面向这凶猛畜生。

他猛冲到狮子跟前,狮子一跃而起,
尾巴向下猛地劈打,孩子迅速躲过,
尾巴打在边上,狮子的进攻落了空。
狮子朝他大声怒吼,再次发动进攻。
然而,这年轻人高高地举起了利剑,
从狮子上方劈下,剑锋直插狮头中。
狮子的头颅被劈开,并从右肩贯通。
随即,这个混血儿对他的舅父说道:
"瞧,我黄金主人,上帝是多么伟大!
它不是无声倒地死相与两头熊相同?"
随后,他的父亲和舅父高兴地亲吻了
他的双手、他的双臂以及胸膛和眼睛。
两个人欢喜无比,对他说出以下话语:
"所有人都见识了你英俊形态和美容,
噢,最令人期望的孩子,不会再怀疑,
你的勇敢和功绩已经得到真实的证明。"

的确,这个年轻人是个英俊的美男子,
略微卷曲的金发,炯炯有神的大眼睛,
白里透着玫瑰红的脸庞,乌黑的眉形,
胸膛颜色如水晶,丰满、厚实与宽盈。
他的爸爸看着他狂喜不已,爱意更浓,
带着兴奋快乐神情把可爱儿子叮咛:
"天气的热度在增高,时间已到正午,
甚至那些野兽都已躲藏在沼泽地中。

所以，来吧，让我们到那清凉的河水边，
去洗掉你那满脸汗水和浑身的血迹。
更要换掉你身上那已经肮脏的服装，
那上面沾满尘土与各种野兽的血腥。
我要把三倍的祝福送给这样一个儿子，
我还要用自己双手亲自给你洗脚庆功。
自此之后啊，我能够让我的灵魂放松，
无论派遣你去哪里我也不再担心忧虑，
不管是去抢劫还是攻击敌人前哨大营。"

随后他们全体人等一起来到泉水边，
泉水像冬雪一样清冽甘甜令人震惊。
他们围着泉眼形成了一个圆形扇面，
有的洗手，有的洗脸，有人濯其足踵。
泉水奔腾流涌，他们痛快畅饮解渴，
似乎这样才能配得上他的豪气英勇。
随后这个年轻人也换好了他的衣服，
仅仅几件衣服就让他酷得难以形容。
他上身穿着一件红色绣金边的外衣，
金边上面镶嵌的那些珠宝极其贵重；
那衣领是由薰衣草和麝香填塞而成。
衣服上很多硕大的珍珠代替了纽扣，
就连那纽孔边缘都是纯粹金线编缝。
那上好的紧身裤装饰着格里芬图形。
他的一对马刺靴也用珍贵宝石装饰，

马刺也是用纯金和红宝石精心制成。
这个高贵的少年渴望去见他的妈妈,
唯恐她对自己挂念担心、哀伤惊恐,
于是他立即命令全体人员上马回程。
他骑着备好鞍辔如鸽子一样的白马,
这匹马额头上也编缀着珍贵的宝石,
一些黄金的小铃铛悬挂在宝石当中。
奔跑中那些小铃铛发出欢快的声响,
响声是那么地张扬,是那么地动听。
一件红绿相间丝绸马衣覆盖马的中端,
保护着马鞍,抵挡着尘土的起落飞腾。
他的马嚼子也是用黄亮的金丝编成,
全部马具都用珍宝装饰得富贵雍容。
他的坐骑精神抖擞像在赛场一样兴奋,
然而这男孩却熟练地驾驭着它前行。
有谁看到他不对这个青年感到惊奇,
这男孩的神情与战马表现何等默契,
就像那苹果结在树上一样相辅相成。
他们扬鞭催马急匆匆再次奔向家中。
按次序在前面奔驰的是他的伙伴们,
在后面是他的舅舅和父亲与他同行,
年轻人在他俩中间像太阳闪烁光明。
他用右手炫耀地挥舞着他那杆长矛,
绿杆阿拉伯长矛上飘着金三角旌旗。
他是个可爱的景象,与之相逢很愉快,

第四卷 边境之王的生活及其他

那感觉犹如麝香般那么的芳香温馨。①

亲爱的朋友啊,请听我说,
在那时,有个英俊男人叫杜卡斯,
他是罗马人之国某地另一个大将军。
他有个漂亮女儿名字叫做尤多希娅。
这女孩的名字边境之王已经听说过,
她美丽而高贵,过着有教养的生活。

就在某一天,青年巴西勒跨上坐骑,
带着他的伙伴们去猎各种飞禽走兽。
狩猎完毕,大家一起向家中飞奔而去。

有座大将军府邸②坐落在不远的路旁,
走到府邸近前时这个青年高声歌唱:
"有个年轻人爱慕一个可爱的处女,
正当他离去时候却看见了她的美貌,
他的心被驯服,他的谨慎已经死亡。"
当府邸里的人听到他这悦耳的歌声,
就像那俄底修斯在他的船上时突然

---

① 英译稿中以下两段缺失,情节似乎有点接不上。在来自安德罗斯岛的版本中,有一段诗文,现放在此处。正是这一场景引出了本版本中下面描写的求爱故事。
② 这里的大将军府指的是杜卡斯将军的府邸,坐落在巴西勒此次狩猎回程的路旁。

听到了塞壬的歌声被惊呆了一样①。
年轻人没留意到有个少女②正在屋里，
这美女是一个声誉极好的漂亮姑娘，
她长得美丽耀眼，家庭也素有名望，
这个家庭的资产，即土地和其他的
财富，多得难以被计算和去猜想。
单就说她家的屋宇就让人赞美不尽，
到处都用黄金和大理石马赛克装潢。
这个姑娘的那栋独立居住的房舍，
全都用黄金和马赛克装饰着那外墙，
因此这栋房也被人们称作"少女闺房"。

因此，当这个富有的和可爱的少女，
看到这个青年，正如我所说的那样，
她的心在燃烧，她的谨慎已经死亡。
就像常常说的那样，一阵刺痛袭来，
因为美丽是那锋利箭镞把心灵刺伤，
目光一相对便直达灵魂深处的地方。
姑娘试图要把目光从男孩身上移开，
但她眼光根本不能离开这美丽形象。

---

① 典出古希腊荷马史诗《奥德赛》：传说有三个栖身于意大利西南的一个海岛上的半人半鸟状女妖塞壬，用迷人的歌声引诱航海者坠海而亡。特洛伊战征结束后，希腊英雄俄底修斯在返乡之旅中途经塞壬住地。俄底修斯听从女巫喀耳刻的忠告，用蜡封住同伴们的耳朵，并把自己绑在桅杆上。因此，他们能够听到塞壬的歌声而不受诱惑，从而躲过一劫。女妖塞壬在绝望中跳海，化身岩石。
② 这里少女指大将军杜卡斯的女儿尤多希娅。

男孩栓住她目光,他们被彻底击伤。
少女转头对婢女讲,让她下去问端详。
"好姑娘,下去对那个青年这样讲,
'以上帝名字发誓,你占满我的心房。
但年轻人,我还不了解你家庭情况。
假如你是巴西勒,混血的边境之王,
你来自那非常富有而且高贵的人群,
杜卡斯家族让我们有相同血脉流淌。
我的爸爸曾经长期持续地观察过你,
因为他总是听说你的功绩非常辉煌。
但留心,年轻人,恐怕我会牵连你,
让你那富有魅力的青春过早地失丧,
我无情的父亲对你不会有怜悯心肠。'"
这青年人立即用下列话语回答姑娘:
"探出身来,宝贝,让我把你美丽欣赏,
对你那无边的爱已经充满我的胸膛。
我还年轻,你瞧,不懂得什么是欲望,
更不消说所谓求爱途径的闭合开张。
但一旦对你的渴望浸入了我的灵魂,
什么大将军、你的爸爸、他的亲戚,
还有其他的人,即使他们箭镞锋利、
宝刀闪亮,也不能让我受半点损伤。"
他俩所谈的类似话无止无休的漫长。
爱的激情怂恿他们顾不得羞耻荒唐,
因为激情成了主人,缠住头脑思想,

理智被制服得像御者驾驭的马一样。
这样浓烈的爱情让他们都难以自制,
在其他的人眼前也不觉得窘迫难堪,
作为爱情的奴隶已经变得物我两忘。
甚至这个有教养的姑娘也不能自抑,
探身俯靠在窗口金子制成的窗台上。
她美丽的脸庞似乎防碍了他的视力,
已经不能看清天生丽质少女的模样,
因为她的脸庞放射出了耀眼的光辉,
她的脸庞看起来如同油画那样明亮。
金色眼睛明眸放光,头上鬈发金黄,
她的眉毛漆黑如黛,闪着荧荧亮光,
两条弯眉在如雪般白皙的脸庞中间,
仿佛是一对紫霞蝶翅膀在舞动流芳。

看到她如此美丽,这个非凡的青年,
灵魂已经被击倒,心绪已完全迷狂,
感到无尽的刺痛,承受着莫名的紧张。
当这个高贵的少女看到他如此的模样,
不忍心让他的痛苦再有一点点儿延长。
于是极快地把她的爱意向他做出表达,
带着巨大的欢乐和幸福向他倾诉衷肠。
她把自己戒指送给了青年,并向他讲:
"快乐地离开吧,小家伙,别把我遗忘!"
他一边把戒指藏在了自己的长袍中间,

一边迅速对姑娘讲:"等着我明天拜访!"
然后满心快乐地和随从离开了这个地方。

他返回到家中后,立刻变得焦急惆怅,
于是便全心全意地向万能的上帝祈求:
"噢,上帝啊,主啊,请倾听我的祈祷,
让太阳为我快点下山,月亮快快升上,
在我这个爱情任务中请它们为我帮忙,
我渴望现在就一个人前去把她拜访。"
他私下里偷偷叮嘱那个为他喂马男仆:
"拿出我的马鞍子,给那匹黑色马备上,
要用双重的马肚带,再用加长的马缰,
还要把我最好的利剑大棒挂在马鞍旁,
用个重一点的马嚼子使它能灵活转向。"
他被叫去吃晚饭,但食物却难以下咽,
他也根本没有心思去把那美酒品尝。
脑海里全都是那姑娘的俏丽的身影,
眼前晃动的全都是姑娘美丽的面庞。
他偶尔也会绝望,不敢抱太大希望,
但更多的时候则认为他的机会很棒。
他全部行为看起来如在梦境中一样。
细心的妈妈打断了他的状态,想知道
她宝贝儿子为什么会变成如此模样:
"发生了什么事?孩子,你让我悲伤。
难道野兽吓到了你?让你后怕惊慌?

还是魔鬼看到你的英勇,让你癫狂?
快点儿告诉我,不要让我灵魂困惑,
因为隐藏的疾病是让人毁灭的温床。"
"没有野兽打扰我,"年轻人回答,
"也不是什么魔鬼让我的灵魂迷狂。
如果有人把我蛊惑,我会把她原谅,
那不是她的错,是我自己陷入了情网。"
他随即站起身来上楼走进自己房间,
穿上漂亮的靴子,把鲁特琴拿在手上。
首先他徒手亲自弹奏了一支弦乐曲子,
(他先前曾经受过良好的乐器训练),
上下弹拨着琴弦,伴随着温柔的歌唱:
"有谁爱着附近一个小姑娘能不失眠,
所爱的人在远方更别浪费这美好晚上。
我所爱的人儿在远方,更要抓紧时光,
不能让她为我难以入睡,叹息忧伤。"

此时正是太阳沉落,月亮升起的时刻,
他独自骑着马,带着鲁特琴去见姑娘。
骏马兴奋地疾驰,到处是白昼似的月光。
在那拂晓时分,他来到少女的闺房旁。
姑娘也没能入睡,一直等着可爱情郎,
但黎明时分她却稍一松弛,进入梦乡。
当高贵的年轻人没能看到她的时候,
他感到了剧烈的心痛和巨大的迷惘。

一个很痛苦的想法捶打着他的心房，
这让他感到极其失望,痛苦难当。
不由得自言自语:"她难道后悔了？
还是她的父母已经把她的秘密知详？
我将如何去做,才能知道事情真相？
我心犹豫彷徨,不知怎么做才恰当。
假如我呼唤她,可能被其他人听到,
那些卫兵们会怀疑并对我进行攻击,
当场抓住,我将见不到最爱的姑娘,
那样一来,我以后再见她将困难异常。
像这样活着我的生命还有什么用场？"
他自言自语,困惑越来越多地增长,
想到了最好的办法是把鲁特琴弹唱,
他想试一下他所担心事情是否荒唐。
"为安全起见,我要试试这个姑娘,
就让鲁特琴声作为我们之间的帮手,
上帝的意志一定能让我们实现愿望。"
他拿出琴来,用拨子开始弹奏琴弦,
随着欢快旋律,伴随着温柔的歌唱:
"亲爱的,你怎能忽略我们的初恋,
竟这样漠不关心地沉入了香甜梦乡？
起来吧,我可爱玫瑰,我甜香苹果,
晨星已升高。来吧,让我们出走他乡。"

少女听到鲁特琴甜蜜的音乐声响,

立刻系紧她的腰裙,跳下她的闺床,
知道男孩已在外边,便开口把话讲:
"对你的迟到我要处罚,亲爱的心脏,
我睡觉就是对你那粗心大意的报偿。
你还弹琴,难道不知这是什么地方?
我的爱,若爸爸听到,他会让你受伤。
如果你因我而死,那罪过多么难当!
因为只有上帝才知道我们全部秘密,
才懂得对你的爱已扎根在我的心房。
我认为,你的毁灭那将是我的灾难,
所以快逃走自救吧,趁着天还没亮。
你要永远记着我,那最爱你的姑娘。
亲爱的,因我将不能和你同行成双。
我知道欲望的陌生快感会把你激怒,
爱的理由会驱使你敢为我走向死亡。
若你执意领我入歧途,我会和你走,
可我的兄弟和亲戚要是知道了真相,
那你就会被我的父亲和族人们抓住,
你怎能带走我,让自己性命无恙?"
带着悲伤,这个神奇男孩对少女讲:
"对你的担心,少女啊,我真很欣赏,
欣赏你意识到了将会发生的事情,
你对未来的判断也准确,推理恰当。
但你对我是个什么样的人不甚了解,
假如你知道了我以前所做过的一切,

就不会再担心你的兄弟和亲戚们会
把我逮住或者伤害,你也不必悲伤。
我要确信无疑让你知道,我的灵魂,
我渴望着独自一个人去和他们战斗,
打败他们的军队,摧毁他们的力量。
至于你的爸爸和他那些所有的伙伴,
还有你几个兄弟和族人们也是一样,
我猜想也不过是黄口小儿不堪担当。
我现在只想从你香唇中知道一件事,
就是你是否有和我一起出走的渴望,
我们就可以离开偏僻小路不等天亮。
勇敢者常被杀死在小路和狭窄地点,
而胆小者则冒昧地走在开阔的地方。
假如你改变主意,做出另外的选择,
找出各种借口不跟我走,把我搪塞,
那就请圣西奥多和耶稣基督作证吧,
只要我活着就没人能成为你的新郎。"

这容光焕发的姑娘立即对青年回答:
"你,最亲爱的,这没经验的家伙,
如你所说,此时正为我遭受着爱情
和喜欢情感的折磨。也许那是真的;
甚至我自己也能够把这一切都猜着。
尽管我不应该向你主动谈论我自己,
但被欲望束缚的我,要把一切都说。

曾有很多大人物和出身名门的贵族，
包括皇家亲戚和一些王子们来找我，
他们有皇家排场而且还有华服宝车。
这些人热切地渴望着窥测我的容貌，
经常走来走去想靠近我的闺房香窝。
但是根本没有一个人令我爸爸满意，
也没有任何人有足够的幸运看到我，
更没人听过我声音，交谈更不消说，
我笑时就是微笑，脚步是无声静默。
我从来没有把自己的脑袋伸出窗外，
除了自己的亲属和那些闺中的密友，
总是让自己躲开那些陌生人的眼波。
从来没有任何人看过我的面容特征，
我严保处女之身，成为少女们楷模。
现在我的头伸到外面，已把界限越过，
为了你的爱，我变成不知羞耻的荡婆。
我这个从来没被陌生男子看过的女孩，
却厚着脸皮和你话来语往不断地啰嗦，
童真少女的自由精神现在成了奴隶，
我突然觉得自己好生羞耻，荒唐无德。
年轻人，自从看到你容颜的那一刻起，
我谨慎灵魂就被点燃，好像着了火。
它完全摧毁了我的理智和我的判断，
让我变得不庄重，我那纯洁的精神
被你一个人奴役，亲爱的。现在我

服从对你的爱,希望和你一起逃脱。
背叛我的家族亲友,把那双亲丢过,
还要与我的兄弟们和无尽财富疏远,
愿遵从你的吩咐跟你走,绝不蹉跎。
上帝呀,万能的拯救者,为我们作证,
最好复仇者会让你领着我走出迷惑。
爱情烧伤了你,欲望正在把你激励,
理性使你相信,你一定会为我而死,
我乞求别让我看见听到这样的灾祸。"
她说这些话的时候,可爱少女眼中
溢满了泪水,并发出了沉重的叹息。
对自己"放荡"行为感到羞愧惊愕。
尽管她非常希望去改变自己的想法,
可无限的激情却使她难以更弦改辙。
这是激情的力量,爱和欲望的蓬勃。
这就是他们俩所遵守的最精确法则。

一个有节制的男人受到欲望攻击时,
这种狂热爱的欲望会让他失去自制,
在家人前无羞愧,在邻居前没恐惧,
而是不知羞耻和甘愿当那爱的奴隶。
这正是两个优雅年轻人此刻的遭遇。
非凡的男孩观察到那少女正在哭泣,
转身对她开言,眼中也有泪水流滴:
"美丽少女,我知道关于你的一切,

你的父亲已经拥有了那无穷的财富，
为了财富很多贵族都渴望有占有你。
我也从不同途径知道了这方面情况，
但我却不是为了财富，我最亲爱的，
我的愿望并非资产，也不渴望荣誉。
那些都是粪土，我喜欢的是你的美丽。
从我们黑色眼睛相互凝视那一刻起，
你就不能再与我的灵魂有片刻分离，
并在脑海中扎了根，纠缠在了一起。
当你还没出现时我已在梦中见过你。
从此就已不会爱上别的女性的美丽，
也根本不想去知道爱的途径和甜蜜。
来吧，最甜蜜的光，把你的恋人陪伴，
敞开一直深深埋藏在你心底的秘密，
因为你出来的行动就是清楚的证据，
天主的愿望也是要我们快乐在一起。
你的父母也会因我们相爱感到快乐，
到时他们会知道这女婿多么了不起，
没人责备你，反而会祝你吉祥如意！"
青年说了这些，还讲了其他的爱语：
"你就是我的开始，也是我的结局，
爱开始于上帝，一直保持到我死去。
我甚至希望，我的灵魂，去苦恼你，
不要再让你保存对我那不适宜的爱——
那是最纯净的激情——直到我死为止。

但没有成功,作为基督徒我不能死,
若死去,我将不能得父母祈祷赏赐。
只有你,最高贵少女,有结果的钥匙。"
这番话进了姑娘耳朵,她把话接起:
"尽管自我投降是个错误,但我对
你那纯洁的情感和纯净的爱说服了我,
你真挚热切的爱对我来说最为相宜。"
(诚然遵守秩序被叫做高贵,明知
违背它不对,不知我为何还那么做。)
随即伴着爱的誓言,姑娘继续言语:
"我离开自己的家庭,双亲和兄弟,
靠上帝帮助,把自己交付你,伙计。
上帝作证,你今后别让我悲伤哭泣,
还要让我做你的合法妻子直至死去。
确实很多恋人都打破了当初的诺言,
因为最初他们爱情都出于强烈情欲。"
听到这些话他感到十分惊异,男孩
钦佩处女理智,发出了同样的誓语:
"以圣父、圣子和圣灵的名义起誓,
我永远不让你悲哀叹息,高贵的少女,
而让你成为我的妻子和我的女主人,
你到死都会是我的夫人和家庭爱侣。
如果你一直保持对我的纯洁和激情,
正如我之前所说,永远不会背叛你。"

当他们确证了彼此间的结婚誓言后,
姑娘从金子做的闺窗上探出了身体,
男孩从马背上伸手把姑娘揽在怀里;
鹧鸪远走高飞,猎鹰抓住这个少女。
当然,他们快乐地相互间激情亲吻,
难言的快乐伴随着二人幸福的泪滴。
由于片刻间他们都体验了巨大欢愉,
炽烈的快乐使他们泪水不停地流溢。
的确,这个男孩被快乐和勇气所搅动,
忘情地站在那房子对面,高声嚷起:
"岳父啊,请为我和你的女儿祈祷吧,
感谢上帝吧,你有了这样出色的佳婿。"

大将军的卫士们都听到了这声呼喊,
他们立即高叫着上马去把他追赶。
猛然间听见这声喊叫,大将军愤怒得
抓狂,一时间都不知道该把什么去干,
只能在痛苦中狂叫:"我失掉了光明!
我那唯一的女儿已离开了我的视线!"
当将军夫人听到这个消息也跟着哭喊:
"我唯一的女儿被抢走,离开了家园!"
住在别处的少女的兄弟们也哀痛呼叫:
"谁做的这无法无天事儿,如此大胆?
哪个突然地敢抢走妹妹,从我们身边?"
女仆们也都悲伤得流泪、恸哭和哀叹。

无度的悲伤情绪在整个将军府邸弥漫。
一支剽悍的武装队伍去把青年人追赶,
将军骑马带着他的两个儿子紧跟后边。
将军夫人也不愿独留在府邸忍受孤单。
因为她不能够容忍和女儿的片刻离散;
实际上她正带着一大群女仆,哭泣着,
披头散发,步行着跟在追赶队伍后面。
"亲爱的灵魂啊,我不知你去了哪边!"。
无论男女老少,没有一个人留下偷懒,
即使没马骑也要步行去追踪这个青年,
大家都非常痛惜这个少女被抢夺拐骗,
追赶的人数之多根本就无法精确计算。

正当黑夜退去,太阳的光芒开始出现,
他们在黑暗平原追上了逃走的"人犯"。
可爱少女在马背上正双臂抱着恋人腰身,
她回眸一望,敏锐看到追兵已距离不远。
她抱紧男孩,把下面这番话对他讲谈:
"加把劲,亲爱的,别让他们把我俩分开,
让这匹黑色的骏马疾驰,你要快马加鞭。
瞧呀,那些追赶者已经让我们陷入危险。"
听到这番话后,这个卓越不凡的青年人,
却勇气倍增更为大胆。立刻把马头勒转,
看到一棵夫妻树,两株茂密枝杈搭膀勾肩。
他立刻把姑娘抱起安放在两个树杈中间。

"坐这儿,我的爱,好见识你甜心的勇敢。"
随即拿起了自己所带的兵器准备去迎战。
然而这个天生高贵的少女则叮嘱男孩:
"你要小心,不要让我的兄弟们伤残。"

接着不可思议情景在追来的人身上显现:
独自一人的他大胆地冲向数千人的队伍,
片刻间就让难以计数的士兵惨败在面前,
这些兵可都是装备齐全,久经战场磨练。
他先是劝告他们回转营地,不要再追赶,
不要再试图以此来显示检验自己的勇敢。
但是这些士兵,羞愧于被一个人所打败,
他们宁愿被杀死也不愿被羞辱成为笑谈。
年轻人驱马向前,拔出随身携带的刀剑,
在将军赶到之前,追赶的士兵已被杀完。
随后,他结束了自己的战斗,这个男孩
带着胜利者神情,欣喜地来到姑娘身边,
他跳下战马,给她无数亲吻,没完没了:
"可爱姑娘,我的行为你已经亲眼检验。"

这个少女在内心深处对他感到更加钦佩,
接受了他的亲吻,内心也非常欢喜欣然。
她平静下来后对男孩说出以下的一番话:
"不要让我的兄弟们受伤,亲爱的心肝,
因为你看到现在那几个向我们冲来的人,

从所骑马匹我断定那就是我的弟兄来前。
和他们在一起的那第三个人是我的父亲。
别让他们受伤,我对他们回报只有安全。"
男孩立即回应姑娘,"一定如你所愿。
除非有什么其他不可预料的事件发生,
因为在战斗期间,作为那潜在的敌手,
常常会有被对方无情杀死的情形出现。"
说完这番话,他迅速跳上自己的战马,
快速冲击到了大将军旁边的某个地点。
少女的几个兄弟,每个人都热情满满,
见状命令他伙伴前去把他摧毁打烂,
计划借他人之手让男孩去把那死神见。
男孩子遵守着他最亲爱的姑娘的命令,
用高超技巧,精明地诛杀了全部伙伴。
她的兄弟们立即凶暴地向他冲杀过去,
他则绕着圈,把他们从马背扔到地面。
动作如此精巧以至他们都没筋伤骨断。
随后他立即跳下战马,转身面对将军,
紧紧握住将军的双手,俯身鞠躬请安,
并且大胆无畏地注视着他,开口发言:
"请您原谅我吧,主人,不要把我责难,
您的军队在打击和赐福下已变成泥丸,
他们很多人现在已到地狱报到把名签。
我并不是个卑鄙的、怯懦的傻瓜笨蛋,
所以,如果您想要盼咐我去为您服务,

那您就定要保证您的乘龙快婿的安全。
但假如你想要用武力把我的行为检验,
那你就要不断地祈祷,乞求好运连连。"
然而,大将军却把他的双手高举朝向天,
面向着东方,把至高无上的上帝礼赞:
"荣耀归于**你**,上帝,一切都是**你**赐予,
你那最高秩序中蕴含的智慧无法言传。
是**你**赐予我一个我所期望的出色女婿,
他长相英俊,出身高贵,性情温和勇敢,
像这样出色的男人满世界也难以找见。"
将军满怀着真情表达了对上帝的谢赞。
同时仿佛是遇到故旧,他对男孩坦言:
"我的女婿呀,一切感谢都归于上帝,
他的安排是对我们最好的回赠与奉献。
接受你渴望得到的她吧!你这可爱青年!
如果不是你对她有这样无比强烈情感,
你就不会有胆量独自去与千余人开战。
走吧,现在让我们一起回到我的府邸,
不要担心你会受到我们的伤害和刁难。
因为我们要为你们婚礼做出安排筹备,
婚书要在你爸爸出席婚礼时把字来签。
你现在要快点儿听从劝告跟我们回去,
好去拿走我们为女儿准备的嫁衣妆奁。
我要让整个世界的人都知道你的婚礼,
因为那天你也会得到丰厚的陪嫁财产。

第四卷 边境之王的生活及其他

陪嫁的物品中包括二十英担①的古钱币,
一个珍贵的衣橱就价值大约五百磅钱②,
这衣箱是在很久前我以可爱女儿名义
所专门收藏;陪嫁还有各种银质器皿,
以及多达三十六块带租金土地的不动产。
还将陪送七十个女佣和她妈妈的祖屋,
那屋宇可是最著名和真正宝贵的房产;
同时陪嫁还有她妈妈的那些华贵珠宝,
以及她那举世闻名的王冠。那可是件
令人钦佩的杰作,黄金打制宝石镶嵌;
还有我们在这里所发现的各种类动物,
以及四百个长跑赛冠军和八十个仆男。
十四个厨师和同样多面包师也在清单,
另外搭配的一百五十个奴隶也在里面。
我会在我的所有的孩子中高看你一眼,
要给你无穷的财富和相当多的房地产。
甚至就在那神圣的婚礼仪式举行之前,
我的儿,就给你比我提到的更多财产。
我一定要让你的婚礼在整个世界传遍。
青年人不会说你追求的是不正当结合,
也不会说你抢走的那个姑娘没有家产,
不会让那些不道德事情困扰你这儿男。

---

① 希腊文作 κεντηνάρια,即英担,重量单位之一。英制 1 英担等于 112 磅。
② 原诗中使用 litra (λίτρα) 一词,指一种西西里银币。

我说的这些话是命令你不能轻易逃避,
除非你现在就跟随我们一起把家回还。
只有这样我的夫人才能得到一些安慰——
她压根就想不到你的品行是多么完满——
赞美上帝,那一切美好事物的赐予者!
听话,好女婿,咱们现在就返回我家园。"
大将军说的这番话蕴含着对他的夸赞。
巴西勒立刻回答将军,态度非常欣然:
"我很在意你的忠告,这是极佳意见,
于我也非常相宜,主人啊,我的岳父。
我虽担心跟你回去蕴含着对我的危险,
因为作为你从前一个凶猛可怕的敌手,
带给你的羞辱让我觉得有个死的亏欠。
现在道德心驱使着我站立在你的面前,
看到你那女士般慈祥的脸,我感到羞惭。
我的主人,我的岳父啊,您女儿的美貌
才是我要带她走的唯一的理由和意愿,
我并非贪图那本属于她的财富和房产。
你给我的财富我都会向我的妻弟返还。
让我满足的是她的美丽而非丰厚嫁奁。
因为上帝已命定了人世间富有和贫穷,
也预定了人的谦恭和得意,上升与沦陷。
至于和你回去,我只能把你命令违反,
因为我必须首先要回到我的妈妈那里,
好让我的父亲把这个待嫁新娘看一看。

赞美主吧,然后我将很快回到你身边。
对此你不要后悔,请多多给我们祝福,
因我们是您的孩子,是您灵魂的随员。"
大将军极赞赏这个年轻人的理智决断。
"上帝呀,"将军说,"他赐福于你,
儿子,他将赐给你们欢乐,福泽永年!"
说完他拥抱了年轻人,然后骑在马上,
青年人走向姑娘,将军打马向家回转,
将军儿子们跟随父亲后边。因曾被他
摔倒,哥几个无不惊异这青年的勇敢。

随后这个真正非凡的青年人,走向了
姑娘藏身的那大树前。他边走边喊:
"嗨,出来吧,最甜美的光,"又喊道,
"出来吧,甜美的花朵,芳香的玫瑰,
来吧,小母牛,你已被爱的轭具牢拴。
让我们上路吧,已经不会有人再打扰。
亲爱的,在爱的路上也没人再设栅栏。
你的父亲和兄弟们是仅有的活着的人,
我已不折不扣把你的命令完美实践。"
看他走来,姑娘立刻从树上一跃而下,
那极度快乐和幸福之情流溢出心田,
她悄无声息地前去和她可爱情郎会面。
到他跟前,少女满怀深情地对他开言:
"没有什么意外事情降临于你,甜心,

那就快说说我的兄弟们是否无恙平安。"
"别着急,我亲爱的灵魂,"男孩回答,
"除你父亲的那些令人赞叹伙伴正在
遭受伤痛,再没人遇到丁点儿危险。"
男孩弯下腰身把女孩拉到自己马背上,
在行走的马背上两个人一直缱绻缠绵,
他们满怀着浓情蜜意不停歇相互亲吻,
喜悦和欢笑气氛把那回家的路途洒满。

当他的爸爸(埃米尔)的哨兵观察到
男孩用双臂抱着个玫瑰般的少女前来,
都急忙跑上前去向他贺喜,祝福连连。
他的爸爸听说儿子已经快来到寨门口,
立刻飞身上马,疾驰迎接,满脸欢颜。
埃米尔的那五个妻弟,还有三千随从
用女式马具和鞍辔装备好十二匹良马,
其中有两副是用珍珠缀成花样的马鞍,
其余都是用黄金刻成的动物图样镶嵌。
全部的马具都被漂亮的皱褶帘装饰,
每匹马又都覆盖着精美丝绸做的披衫,
他们把大量的金币隐藏在那马衣下面。
由军号和低音号组成的乐队紧随其后,
战鼓和乐器演奏得嘹亮精彩热火朝天。
鼓乐的喧嚣声此刻已传到了数里之远。

当他们走到离家门不到三里路的时候,
那可爱的少女从远处就把这些人瞧见。
因为从没见过他们,不免有些害怕抖颤。
所以她有些焦虑地对这个年轻人说道:
"假如是陌生人,定会把我们俩拆散。"
"不要担心,最甜蜜的光,"少年说,
"那是你的公爹,他高兴把你来见。"
这个阳光少女转过头对男孩把话讲:
"我好羞愧,我的灵魂啊,因我孤单。
若你听我父亲的话,跟他回转,然后
再回来,我会带来女仆和大量妆奁。
那你爸爸就知道你娶的是谁家红颜。
可你执意回来;你要解释其中曲款!"
"我的夫人,不要叹息你独自孤单,
他们都知道你,甚至比你自己还详全。
你根本不必为此而自责,心怀抱怨。"
当走到一起时,大家轮流问暖嘘寒。
年轻人和挚爱姑娘也立即下马离鞍,
埃米尔下马便把这对鸳鸯抱在胸前。
"我的儿,"他说,"上帝保佑你俩,
他将赐予你们长命百岁,富足平安,
并让你们把**他**天国的无限荣耀分沾。"
大家让姑娘安坐上黄金锻造的马鞍,
还在姑娘的头顶戴上那珍贵的花冠。
在场每一个和他们沾亲带故的人都

赶紧把珍贵的礼物向她真诚地奉献。
大家对男孩礼遇也像对待那男子汉。
随后号角吹起,众人起步再把家还,
鼓声敲得震天响,喇叭吹得实在欢,
各种乐器齐鸣奏,歌声曲曲紧相连。
大家用手中竖琴演奏各种各样乐曲,
在欢庆中很快就来到了府邸的门前。
这种欢乐大家都感到真是无以伦比,
这种快乐谁能解释,谁又能够言传?
甚至这地方看起来仿佛是一块乐土,
他们走路似乎都是走在欢乐的地面。
此时每个兴高采烈的人似乎都能看
到周围的人变得比自己更兴奋欢颜。
这可真是群山跳跃,岩石纵情舞蹈,
各种树木摇枝狂欢,河水喷涌流淌,
连空气也被欢乐气氛搞得明亮光鲜。
当这欢乐的人群刚到达房子的门口,
难以计数一大群女士迎到他们面前。
老将军夫人①也出来迎接年轻一对儿,
混血之王可爱的妈妈陪伴在她身边。
很多标致的女仆们打扮得亮丽光鲜,
举着玫瑰和桃金娘鲜花编成的花环,
它们散发的芳香在空气中荡漾弥漫。

---

① 这里所说的"老将军夫人"指的是埃米尔的岳母,即边境之王巴西勒的外祖母。

伴随着铙钹等猛敲,她们放声歌唱,
欢乐的歌声献给了男孩,也献给了
他的少女,以及把他们的父母称赞。
地上洒满了月桂树、桃金娘、水仙、
玫瑰和木樨等各种各样鲜花的花瓣。
她的婆母①温柔地拥抱了可爱的新娘,
慷慨地赠送了她最出色的各种物件,
她的快乐和高兴出于真挚而非伪善。

当他们来到房间后,埃米尔马上就
派遣他的妻兄们和一个军队的首领,
带着大约三千多个自己的贴身伙伴,
去大将军府邸把请他参加婚礼事谈:
"告知那个与我同样的父亲来出席
这上帝安排的婚礼,请让我们如愿。"
当大将军接到这个信息,想方设法
要去给这可爱一对儿女把荣耀增添,
不仅要带着数量巨大精美礼物同行,
并决定和夫人出发时间就在第二天。
他们对婚事并无微词,也无怀疑嫌隙,
因为知道这个女婿是多么的出色非凡。

第二天,带着极度渴望和巨大的欢乐,

---

① 此处"她的婆母"指的是埃米尔的妻子、边境之王巴西勒的母亲。

他们唱着关于婚礼的赞歌踏上路程,
这少女的兄弟们也同去把父母陪伴。
男孩父亲埃米尔听到亲家将要到达,
带着家人迎出很远,给他们礼赞。
非凡埃米尔见到大将军要下马施礼,
将军恳请不要如此并把他举动阻拦。
二人合乎礼节地相互拥抱问候之后,
快步走进了房间。住在其他地方的
难以计数各家主人都步行赶来会面,
跟他们来了很多人,还有大群女眷。
当大家一起来到埃米尔房子的地界,
即用很多芳香材料,如玫瑰味香水,
各样香草,相宜地把四周环境装点。
男孩可爱妈妈是这一切活动的领班。
什么脑袋有能力告诉接着要做的事——
只有她才有过被埃米尔接待的经验,
这可爱聚会在他们结婚时也曾演练。
恰当的婚礼安排,设计良好的喜宴,
无限丰富的各色精美食物堪称景观,
各种动物做成的佳肴上个没了没完。
演员不断变换,笛子曲调不停改变,
跳舞的姑娘步伐移动灵巧快速旋转,
舞步的快乐哪还顾得上音乐陌生感?
先对一舞曲着迷,随后向另一支转换。
第二天,他们的嫁妆合同也签订圆满。

狄吉尼斯·阿克里特：混血的边境之王

嫁妆的种类和数量自不必逐字细说，
双方一致意见是尊重两个孩子意愿。
房地等不动产给了多少容易被计算，
至于那牛羊和其他类似的家畜数量——
按名称在此列出也并非不合乎心愿。
大将军送给了他十二匹黑色的骏马，
这十二匹战驹漂亮威风，令人喜欢。
还有十二头精选骡子，它们的鞍辔
用白银和黄金打造而成，做工精湛。
十二个年轻英俊的男仆系着金腰带，
十二只证明已驯服的猎豹在手中牵。
还有一打来自远方阿巴西吉亚雪鹰，
并有数量相同的驯鹰人把猎鹰训练。
陪嫁中有两尊圣西奥多的黄金雕像，
外加一顶金线刺绣的宽大可爱帐篷，
上面布满漏板印刷的各种动物图案。
帐篷绳丝绸编就，固定桩纯银冶锻。
两支山茱萸做成的阿拉伯精美长矛，
名贵就像伟大科斯罗伊斯①著名宝剑。
这些都是大将军给他混血女婿礼物，
公爹埃米尔给姑娘的礼物也同样精湛。
边境之王外祖母，就是那老将军夫人，
还有他的舅舅们以及其他亲朋好友，

---

① 据18世纪史学家爱德华·吉本的《罗马帝国衰亡史》42卷中记载，科斯罗伊斯（Chosroes）是公元6世纪的波斯国王，曾率领10万大军沿幼发拉底河进攻拜占庭。

给了他一颗硕大的珍珠，还有黄金、
宝石以及难以估价的紫色丝织绸缎。
大将军夫人，混血儿岳母还给了他
白绿相间丝织围巾和珍贵的束腰链，
还有四条白色的女式头巾绣着金线，
一件金色长袍后背绣着格里芬图案。
姑娘的大哥送给他十个阉割的青年，
他们留着可爱头发，个个英俊无边。
这些人都穿着波斯丝绸做成的服装，
衣袖上的纯金装饰向衣领上面延展。
姑娘的小弟给了他一副利矛和盾牌。
其他的亲属们也给了他们很多礼物，
大家所给的东西之多已经无法计算。

婚礼从头到尾持续三个月才告结束，
但大众的欢乐气氛却没有就此停摆。
当那持续了三个月的婚礼结束之后，
大将军又带着那些来参加婚礼的人，
包括新郎新娘，回到自己府邸中来，
把比前面更快乐婚礼庆典再次上演。
将军看到男孩举止有度、谨慎勇敢，
具有绅士风度和其他种种优秀品行，
真是感到满意万分，内心狂喜难言。
将军夫人见他英俊出众，身材颀长，
明眸皓齿和异域风采，更笑逐颜开。

其间，巴西勒大小舅子们常来拜访，
每次总吹嘘自己的功业是何等精彩——
赞美一个人的善行，最好看行动，
要知道在对大事件的管理掌握中，
是因为万能上帝一直和我们同在，
对此别有任何怀疑和呈骄纵之态。
所以就让我们真诚地感谢上帝吧，
世间一切好事都是**他**的给予安排。
这样，在大将军家中盘桓数日后，
埃米尔再次开始向自己家中返回，
一起回来的是混血儿和他的最爱。
回来的路程等于又一次豪华归来。

此后这混血青年显示出杰出价值，
他在世界各地几乎处处留下善行，
他的辉煌业绩变得更加闻名精彩。
他选择了独自居住在那边境地带，
只和自己爱妻与仆人住在一块儿。
他极度渴望去过单独自在的生活，
每天都四处走动不让任何人跟班。
实际上他去的地方都有自己帐篷，
在那里他和姑娘生活得自由愉快。
姑娘的两个女仆住在另外帐篷里，
边境之王仆人也扎营在别的地带，
每个帐篷相互间都隔着数里开外。

当时有很多的歹徒听说了这一切,
都心怀鬼胎要抢走欺凌这个女孩。
巴西勒把歹徒们全部都杀死打败,
就像他征服整个巴比伦、塔尔苏斯、
巴格达、马威罗奇奥尼提斯以及
埃塞俄比亚人的土地那样痛快。

那时候正统治着罗马的帝国皇帝
听说了这些业绩,担心他和他的
帝国声名将会被受祝福的巴西勒
这个有威望的胜利者葬埋,因此,
在趁去征服波斯人的时机,他来
到了这男孩正在居住的这个地带。
他听到了这些业绩后感到很惊骇,
因此极度渴望见到这个青年俊才。
皇帝给他送去封书信,言简意赅:
"我们听说了你很多非凡的故事,
我的孩子,大家都对此激动难耐。
感谢上帝,他的'道'和你同在。
我的目的是想亲眼看看你的面容,
以此作为报答能配得上你的风采。
高兴地来我们这里吧,不要犹豫,
不要猜疑担心你会被我们所伤害。"
他接到这封书信,立即回复答应:
"我是陛下您的一个最卑微奴才,

确实没有资格得到你的好意青睐,
主人啊,我的行为得到你的赞美,
可我多么卑微、胆小和地位低矮?
做的全部事情都蒙上帝信任委派。
因此,既然陛下想要见你的仆人,
那就一会儿在幼发拉底河边会面。
你会如愿看到我,我的神圣主宰。
别怪我在你到达前拒绝把你迎候,
但要相信,你确实有些鲁莽的士兵,
他们也许会说出些不该说的言辞,
我势必会把这些人打的死去活来。
主人,这事发生在年轻人身上不奇怪。"

皇帝陛下逐字逐句地阅读了回信,
男孩谦逊用词和表达令他更喜爱,
也懂得他有超绝勇气才会有愉快。
由于他强烈地渴望见到这个青年,
随身只带了一百个卫士和长枪兵,
立即朝着幼发拉底河边奔驰而去,
并且严厉地命令大家绝不要做出
任何冒犯边境之王的无理言行来。
那些被他①派出去观察瞭望的哨兵,
很快宣告,帝国的皇帝已经到达了

---

① 指巴西勒。

混血儿"边境之王"所说的地点。
非凡的巴西勒只身一人前往拜谒,
一见面就叩首在地,谦恭地道白:
"致敬,你皇权神授,统治我们,
因为我们一直把那异教的罪孽携带。
为什么你这全世界的主人恰好来到
了我的面前,来见我这个卑微尘埃?"
帝国皇帝看到他之后,惊讶无比,
忘记了国王陛下的高贵身份和责任,
从宝座探起身子,把少年紧抱在怀,
并喜悦地把他亲吻,赞美他的风采,
并预言他超群完美必定有美好未来。
"儿子,"皇帝说道,"你的行为证明
你综合素质在你的勇敢中显示出来,
罗马多么渴望有四个你这样的英才!
因此,我的儿呀,随意地敞开说吧,
你希望从我这得到什么赏赐和对待。"
"别给我赏赐,主人,"男孩回答道,
"对我来说足够的是您那独有的爱。
赐予我东西还不如给我更多的祝福,
因为您的军队还需要更巨大的花费。
因此,容我向光荣的陛下发出恳求,
爱那些顺从你的人,也要怜悯穷人,
从作恶者手中解救那受压迫的人们,
原谅他们在不经意间所犯下的罪孽。

留心别听信闲言,也莫接受不公正,
扫除异教徒,坚信东方基督教神脉。
陛下呀,这一切都属于正义的武器,
有了它们你就可以把一切敌人打败。
统治和控制并不是力量的全部要素,
上帝和他右边独子才是您力量由来。
其实作为卑微的人,我献给陛下的
不过是你从上帝和圣子那里拿来的
曾经给过以哥念人①多一倍的贡奉。
主人,我要让您对这地方无忧无虑,
一直到我的灵魂摆脱这尘世的羁绊。"

皇帝非常高兴地听到了这一番表白,
"噢,你这非凡而卓越的年轻人啊,"
他说道,"我现在就册封你为贵族,
赐予你继承属于你祖父全部的领地,
并给予你权力去统治整个边境地带,
还批准你可把高贵的皇家服装穿戴。"

听到皇帝此言,这个青年立刻命令
从那没驯服的马群中牵出一匹野马,
这野马用铁链拴着,蹒跚跛行前来。
皇帝命令给它松绑:"让它跑起来!"

---

① 以哥念是《圣经·新约》中记载的古代城市,其地名原意为"影像"或"降服"。耶稣曾在此传道,使徒保罗曾写信给这里的人们。

巴西勒把衣服下摆牢牢掖在腰带上，
然后紧跟在后面奔跑着去把它追赶，
只几步就抓住马鬃，可见速度之快，
这野性家伙转个大弯猛然向后一栽，
它蹄踢腿刨，上下乱蹦试图再逃开。
当这个非凡的男孩回到皇帝的面前，
把马扔在地上，马在地上瘫软懈怠。
这非凡一幕让在场的人都看得惊呆。
他刚想离开这里，一头狮子从树丛中
蹿出来，这礼物让在场人十分惊骇
（因为当时在那个地方有很多狮子），
甚至连皇帝本人也吓得掉头跑起来。
男孩立即跑上前去，当头拦住狮子，
伸出手来一把抓住了它的一条后腿，
将它高高地抡起，狠狠往地上一摔，
就在众人眼前，男孩让它鸣呼哀哉。
狮子在他的手里就像被拎起的野兔，
面不改色来到皇帝前，谦恭把口开：
"主人，接受吧，你的仆人为你杀了它。"
在场每个人都惊恐难言，浑身打摆，
意识到他具有着超人的力气和能耐。
皇帝把他双手伸向苍天，高声祈颂：
"光荣属于**你**，主啊，万物制造者，
你让我有幸见到了这样的一个天才，
首先一点是他的强壮有力名冠当代！"

随后,皇帝下令把狮子皮剥掉拿走,
又向男孩做出很多允诺和真情表白。
相互间再次紧紧拥抱,然后都回撤,
一个回队伍,另一个去见他的最爱。
此后事件全都应验了这故事的内容,
众人奉为"边境之王"的男子巴西勒,
因"金玺诏书"①而令名声远扬四海。

到此处,我们已经到了此卷的结尾,
接下来的故事那将是下一卷的内容。
我若再像神学家那样喋喋不休讲述,
会被善听者很厌恶,不如就此暂停。

---

① 此处的希腊原文为 χροσοβουλλης,即以黄金为质刻制的印,中外一律。按我国历代典章制度,自汉至唐的亲王、太子、皇后、皇妃均有金玺,宋以后则无玺。在西方传统中,通常指拜占庭时期皇帝以及后世欧洲君王们颁布诏书或法令上所附的金色印章,最负盛名的《金玺诏书》系 1356 年神圣罗马帝国皇帝查理四世为取得德国诸侯的支持所颁布。该诏书规定,神圣罗马帝国皇帝由七个选侯推举,选侯们在自己领地内有行政、司法、铸币等权,形成"国中之国"。译者在史诗中沿用这一称谓,意在彰显边境之王巴西勒治权之神圣与郑重。

第五卷

被遗弃的新娘

【年轻的诱惑物。巴西勒讲述他的故事：他发现了一个姑娘被遗弃在荒漠中的泉水旁。听了她的故事，他打退了劫匪，带着她去寻找诱惑她的人，并让他用自己的方式进行了补救。】

青春期确实是个虚荣的年龄阶段，
在这个阶段追求的是任性的狂欢。
青年人总是会被不衰的情感驱使，
澎湃激情要把未知领域全部尝遍。
但那些被激情引导追求永生的人，
则不屑那低劣、不敬的短暂寻欢。
因为放荡的行为并不能达到永生，
正好像用油不能浇灭燃烧的烈焰。
荒唐的情欲不可能与罪恶相脱离，
罪恶也不能离开对那欲火的眷恋。

然而就是这非常高贵的边境之王，
虽然一直被全能上帝恩典所充溢，
但也有稍稍放纵自己情欲的污点，
曾不检点地陷入放纵肉欲的泥潭。
后来他极为痛悔自己的荒唐行为，

把罪孽告诉那些偶然遇到的人员，
不是为吹嘘，而是为了忏悔改变。

有一天，他遇见一个卡帕多西亚人，
与之攀谈，他讲述自己故事，说的
非常坦然，把自己犯下的罪过责难：
"那时，就像我希望的那样，离开
我父亲，选择独自生活在边境线，
我渴望独自在叙利亚旅行和游览。
那时候，我岁数正好是十五华年。
一天我来到阿拉伯半岛干旱平原，
骑着我的宝马，手提着我的长矛，
孤身行走在路上，一如我的习惯，
天气越来越热，我变得舌燥口干。
便向外四处观看，到处寻找水源。
我看见前面沼泽灌木中有棵大树，
便催马奔去，心想那离泉水不远。
判断准确无误，那是一颗椰枣树，
在它根部涌出一股奇妙的甘泉。
当我到了水边，听到了忧伤哭喊，
那声音痛苦哀怨，伴着泪水涟涟。
细看哭泣者是位极为可爱的婵娟。
一开始，我还以为是遇到了鬼魂，
惊骇得头发竖起，吓出一身冷汗。
我抽出随身携带的保护我的兵器，

因这地方孤寂、幽暗、人迹罕见。
那个姑娘看见我,立即猛然跳起,
适度地用衣装把自己的身体裹严。
随后她擦拭掉眼睛中显露的泪水,
高兴地和我把下面话进行了讲谈:
'先生,你孤身从哪来,又去何处?
难道你迷路在此地也是爱情使然?
看起来你似乎是上帝派来的使者,
我的主,他让你在这里驻足暂停
拯救可怜受难的我脱离沙漠荒原。
请你在这儿休息片刻吧,我的大人,
请来倾听我告诉你关于我的一切,
也请安慰一下我所遭受的那灾难。
我说的悲伤都发自灵魂并非虚言。'

"我听到这些话,心情开始好转,
知道所看到的景象都是真实呈现。
我带着愉快的情绪立刻翻身下马,
她那难以形容的美丽深入我心田;
我想她的美貌仅次于我妻子容颜。
随即我把自己战马拴在一棵树上,
然后把长矛直立插在两个树根间。
喝了几口水后,便开始和她交谈:
'姑娘,先告诉我你为什么在这里,
是何原因让你驻足在这荒漠里边?

然后你也就会知道我是何方神仙。'

"随即我们一起坐上那低矮树干，
她开始诉说，带着那深深的悲叹：
'年轻人，迈菲克是我的籍贯。你
听说过它的埃米尔，哈普劳拉迪斯，
那是我的父亲，我妈妈叫米兰西娅。
我爱上个罗马小伙成了我灾难根源。
他是我爸爸用铁链锁了三年的囚犯。
小伙说他是个著名罗马将军的儿男。
我松开了他的铁镣把他从监牢救出，
给了他一些马匹和爸爸的一些伙伴，
并让他把叙利亚某一部落酋领承担。
我妈妈默许这一切，我父亲在远方，
因为他总是在战场上忙于各种征战。
当时那个青年对我表现出强烈爱意，
常说如果看不到我，就离死亡不远。
但他却是一个骗子，事实很快彰显。
真相是一天当我们考虑逃走计划时，
他就强烈主张前往罗马人的国度，
并要我跟他同去，还说他怕我爸爸
不知道什么时候会突然从战场回还。
他还用强力逼迫着我和他一起逃走，
并向我保证——用令人敬畏的誓言：
他要和我结婚，一定不会把我欺骗。

我轻信了他的言辞，答应和他私奔。
随后，我们两个耐心地寻找着机会，
时刻准备逃离我父母的那富裕家园。
不久，极度痛苦和不幸的灾难发生，
疾病降临妈妈身上，死神来到她身边。
她咽气时其他人都跑出屋子去悲悼，
她的死让他们痛哭流泣，泪雨飞溅。
但我这可怜的傻瓜却认为机会难得，
拿了很多财宝和这个骗子离开故园。
黑夜极好地遮掩了我们的逃跑行为，
那是无月之夜，没有一丝亮光闪现。
我们骑着马上路之后开始急急奔跑，
所骑的这些马匹预先就已准备周全。
直到跑出三里开外，紧张心情才稍缓。
当我们过通道时，也没有任何人发现，
走完剩余路程，再无恐惧但极疲倦。
在做逃走准备时，我们拿了些食物，
香甜睡眠后，我们共享了所带饼干。
我羞涩地谈论起了我们爱情的秘密，
他显露出的喜爱神情将我强烈感染。
他说我是他的灵魂，眼睛里的光线，
说我将很快成为他妻子，他的蜜饯，
抱着我不知餍足地把我的全身吻遍。'

"'一路上我们彼此间都非常快乐，

来到了你现在所看到的这个泉水边。
整整的三个昼夜我们就在这里休息,
欲壑难填地不停顿做爱,花样频翻。
当时,虽然他把自己目的深埋心底,
但邪恶的背叛在他身上已有所显现。

在那第三天晚上,我们一起进入梦乡,
但他却偷偷起床,给马匹备上马鞍,
还偷偷带上最好的行囊和全部金钱。
而当我从睡梦中醒来后发现这一切,
立刻跑到那大路上准备去把他追撵,
并穿上那男人衣服把自己外貌遮掩,
因为我原也是用这种打扮离开故园。
但更过分的是,他不仅骑走自己的马,
而且把我的也拐走,正在路上奔颠。
我亲眼目睹了这令人绝望的欺骗,
步行在后面追赶,哭着喊:"亲爱的,
你要去哪儿?留我在这儿孤孤单单?
难道你忘记了我曾为你所做的一切?
难道忘记了你最初向我所发的誓言?"
然而他根本没有掉头回转,我哭喊:
"求你了!怜悯我!救救可怜的我!
噢,别把我留在这儿成为野兽美餐!"
除此之外我还哭着向他说了许多话,
但他不发一语,快速跑出我的视线。

到这时,我已精疲力竭,双腿发软,
被石头磕破的双脚已经被鲜血染满,
我颓然倒下,像具尸首横躺在地面。
到天亮时我才好不容易地苏醒过来,
强撑着身子费力地走回到那泉水边。
到此时我失去一切,只剩绝望陪伴。
我不想回到我的父母身边,因为我
羞愧于站在我的邻居和同伴们面前。
我也不知道去哪儿寻找背叛我的人,
请求你拿出一把刀子放在我的手上,
我要自杀身死以惩罚自己行为荒诞。
失去了一切,我生命已没价值延展。
噢,我是多么不幸,这是何等灾难!
从此我将被亲人疏远,与父母离散。
我虽得到个情人,却没得到他心肝。'

"姑娘边哭边述说这些事情的同时,
还撕扯自己卷发夹,击打自己的脸。
我挑选了所能给她最好的劝慰之词,
还把她的手从头上拽回那么一点点,
并劝说她更有价值的希望就在前面。
为了查明真相,我问她,'那个骗子把
你一人扔在这地方已经过了多少天?'
她回答时又一声长叹:'从来到荒漠
这地方算起,到今天已经超过十天,

除你之外再没有面对过一个男子汉。
昨天也有人,是一位老者,告诉我说
他的儿子不久前曾被阿拉伯人抓住,
成了一个囚犯。他匆匆忙忙要赶到
阿拉伯半岛,试图要儿子得到赦免。
老人告诉我,他曾听说过我的故事,
在帕拉托利瓦迪,早在五天前有个
金发碧眼、面颊有髯、身材高挑青年,
骑着一匹马,另外一匹跟在他后面,
被蒙苏尔人袭击,却被他用剑打惨。
幸好那年轻的边境之王没在那儿,
否则这个男子将被他杀死在一瞬间。
全部迹象都证明他就是这个负心汉,
可偏有人说这一切都是我诽谤欺骗。
呜呼哦!可叹!不幸的无助的命运,
一切好运都出乎意料地被剥夺玩完!
此前我品味美丽,但现都已经失散,
就像一株小苗,没等绽放就已枯干。'

"女孩正说着这些,泪水流淌连连。
这时一伙阿拉伯人突然蹿出沼泽间,
人数超过一百多,全都拿着矛枪剑。
他们落在我手就像那秃鹰口中的饭。
我的马惊恐地撕扯着从岔道上逃走,
但是我立即在那大路上将它拉回转。

我一把抓起长矛,迅速骑在马背上,
然后冲向他们,送很多人去了鬼门关。
有些阿拉伯人认出了我,相互言传:
'确实,他行为如此勇猛、这样大胆,
显示他就是边境之王。我们命玩完!'
听到我名字的人都逃向了沼泽泥潭,
有的扔掉了盾牌,有的丢弃了长枪,
甚至都没人有半点儿的犹豫和拖延。
当我看到此处就剩下我一个的时候,
我转身去了姑娘所待的喷泉那地点。
刚才战斗时,她已爬上近旁的树冠,
看到了全部过程和阿拉伯人的完蛋。
她瞅见我独自一个回到了她的身边,
立刻从那树上跳下来,跑来和我碰面,
她流淌着眼泪,把恳求的话对我谈:
'我的主人啊,我获得拯救的根源,
如果你真的就是他,那个边境之王,
请你把我那心爱的人拯救出死亡吧,
你的名字就能让阿拉伯人闻风丧胆。
我请求告诉我真相,不要向我隐瞒,
蒙苏尔人刀锋是否会让他命丧黄泉。'

"我惊讶万分,真怀疑自己耳朵听错,
看到姑娘对曾经造成她大不幸的
那个小子仍然怀有那么强烈的情感。

这家伙让她和父母分离,偷走财物,
把她扔在杳无人迹的荒漠恐惧抖颤,
除不公正的死亡没有任何希望可言。
由此,我第一次知道了女人们的爱
比男人们的爱更疯狂炽烈,这种爱
一旦与非法结盟,就更加堕落腐烂。

"于是,我对她说道:'别哭了,姑娘,
我救他完全出于你流的泪水和哀叹。
我是依照公义来诛杀那些蒙苏尔人,
因这些凶残强盗和窃贼霸占着道路,
根本没有人敢经过他们控制的地点。
我就是那个能从死亡中救出你所爱
的男孩的人,但我却不明白为什么
这靠不住家伙被你唤作最爱的心肝。
不管怎样,走吧,让我带你去找他,
我一定会做到让这个家伙和你结婚,
如你能否定邪恶的埃塞俄比亚人信念。'

"她听到了这些话,快乐充满胸间,
向我讲:'我的主人,伟大保护者,
在与这男人结合前,在他的要求下
我一定会把那神圣的洗礼与之分担。
因为他说过,由于成了激情的奴隶,
他对一切事情已没力量抵抗。我猜

想,对他而言亲戚和父母也是枉然.'

我从姑娘的嘴里听到了这些言辞,
朋友,仿佛欲望烈焰升起在我胸田,
献祭的爱和一个不道德意念已相联。
起先我想把这混乱的思绪彻底扔掉,
试图尽可能去逃脱开这罪孽的罗网,
然而烈火不等草木生长便开始急燃。
所以,我立刻举起她放在我马背上,
我们一起开始向着卡尔库奇亚[①]进发,
那里是靠近叙利亚的一个具体地点。
我不知道自己在做什么,欲火燃烧,
情欲增长,让我完全陷入疯狂混乱。
所以,我俩下马去满足肉欲的需要,
我激情地把她亲吻,耳边蜜语甜言,
随之就开始做那不道德的交媾事情。
我做着自己想做的一切,花样连连。
借助着那撒旦的帮助和灵魂的默然,
我们旅途变得放纵淫秽,无法无天。
尽管这个姑娘强烈反对我的做法,
也只能无助把上帝和父母灵魂呼喊。

---

① 古希腊文作 Χαλκουργία,意为"因青铜而劳作"。按照拜占庭史家斯特凡诺斯(Stephanos)的观点,此为矿产名而非城市名。如若属实,该地应富含青铜矿。另据伊莉莎白·杰弗里斯(Elizabeth Jeffreys)辑译格罗塔费拉本第 148—149 页(剑桥大学出版社,1998年版),卡尔库奇亚地近叙利亚。

但最大的敌人撒旦,黑暗的统治者,
世界上那所有种族的反对者和敌人,
甚至已经把我搞得情愿去忘记上帝,
殊不知到那可怕日子①一切必须偿还。
我们秘密犯下的罪孽那时都要摊开,
我们必须面对天使和一切人的审判。

"最后,我们来到了卡尔库奇亚,
发现欺骗她的那个男子就在此地,
那地方正是安提库斯将军的儿子在
几年前被波斯人用牛轭杀死的地点。②
到那儿后从蒙苏尔人手中将他救出,
但我并没有让他直接来到我的面前,
为了让他知道他做的事情如同罪犯,
就把他交给我在那儿的朋友来看管,
一直等到我带女孩来时才一起见面。

"'如果你还打算着抛弃这个女孩,
救主耶稣作证,你不会活得更久远。'
我警告他别再委屈和伤害这个姑娘,
离开时还把训诫的话对他一谈再谈。
我严令他从现在起不要再打破誓言,
因他发誓所说让姑娘做他合法新娘。

---

① 指上帝最后审判的日子。
② 这两行内容不见于伊莉莎白·杰弗里斯的译本。

我和大家讲了发现姑娘的全部经过，
以及如何从阿拉伯人手中把她救援。
但我却回避了对她所做的可耻事情，
唯恐会因此给这个男人理智以冒犯。
然后，交还了属于他俩全部的财富，
这些正是此前姑娘从家带出的财产。
还交还了他们的马匹，送他们上路，
并再一次当众嘱咐这个年轻的男人，
决不能再犯浑伤害和遗弃这个红颜。

"随后，我启程回家去见我的夫人，
因为四月的日子已经过了一半时间。
我在良心里一直谴责着那罪孽的我，
我那荒唐行为提醒我是个卑鄙罪犯。
每次看到太阳，我都审视自己灵魂，
为让我的姑娘蒙羞而感到羞耻无边。
因为她知道了非法苟合这事情真相，
这事发生后我想去把我的家庭改变。
就像现在这样，我离开了我的家园。"

第六卷
野兽、不法之徒和一个亚马逊女战士的挑战

【巴西勒继续讲述他的故事。整整一个五月。他杀死了恶龙和一头威胁他女人的狮子。他为妻子唱了一首歌。他杀死了欲强暴他女人的很多士兵。他揍了三个不法之徒,但仍宽恕了他们;而他们却密谋偷抢他的女人。他们失败后去拜访亚马逊女头领马克西莫并请求帮助。她要求和巴西勒一对一决斗。他狠狠地揍了她,并和她做了爱。回到家后,他又返回来杀了她。巴西勒故事结束。】

在第六卷中也展现了很多业绩，
记录了这个边境之王的奇迹和壮举，
同样也是巴西勒亲自向朋友讲述的。

"如有人挑选一年中哪个月份最好，
五月毫无疑问最为相宜，应排第一。
五月是大地上最令人愉快的装饰，
各种植物芽眼张开，花朵绽放艳丽，
到处红色光影灿烂，草地极为美丽。
它使爱的气息弥漫，它把激情诱起。
用玫瑰和水仙等装点的大地，使得
世界被装饰得好像天堂一样瑰丽。

"在这不可思议令人愉快的月份，
我渴望带着漂亮妻子，杜卡斯将军
那可爱的女儿一起外出游玩嬉戏。

第六卷　野兽、不法之徒和一个亚马逊女战士的挑战

狄吉尼斯·阿克里特：混血的边境之王

于是，我们来到那块超凡的绿地，
我立刻搭起了帐篷，铺好了床笫，
用各样生长着的植物将四周围起。
高高的芦苇超过帐篷顶繁盛茂密，
在草地上有清凉的流水喷涌湍急，
那大地上到处是纵横流淌的小溪。
小树丛中有着各样的鸟儿在居住，
有温顺孔雀、鹦鹉和天鹅在栖息。
鹦鹉们悬挂在那枝头，正在欢唱，
孔雀的翅膀上环绕着花朵的纹理，
反射出的斑斓花色在它们的羽翼。
其他的鸟儿因有翅膀而自由自在，
立在那细细的枝条上，纵情嬉戏。
我那个高贵的姑娘极为光鲜靓丽，
比孔雀或可爱的花木更光彩熠熠。
她的脸色像水仙花一样淡雅白皙，
面颊如盛开的红玫瑰花娇艳欲滴。
她的嘴唇像蔷薇那刚长出的蓓蕾
正在适宜地含苞欲放，甜香无比。
卷曲的头发极其自然地紧贴眉毛，
金色柔丝发送出的光泽华顺流溢；
她的一切都给人难以形容的欢愉。
我的床铺被多种芳香的气味环绕，
有麝香、甘松、龙涎、樟脑和桂皮。
这些香味非常强烈，也是快乐气息。

我们的森林花园充满这些美好东西。

"大约在某天正午,我坠入了梦乡,
这时姑娘把玫瑰香水喷洒在我身上,
此时旁边有夜莺和其他鸟儿正鸣唱。
姑娘感到有些口渴,便来到泉水旁,
当她正把脚伸在水中快乐地戏水时,
一条恶龙化身成了个英俊的小伙子
来到她身旁,企图去把她诱惑夺抢。
但她恰好看见了它原来模样,便说:
'恶龙,放弃妄想。我不会被欺诳,
我爱人尽管在梦中,也会把我守望。'
(她自言自语地说,'这是一条恶龙,
我从来没见过人的脸是如此的模样。')
'如果他醒来发现你,会让你命丧。'
然而它不知羞耻跳起试图强迫姑娘。
姑娘立刻大喊,呼叫我快来帮忙:
'快醒来!主人,救你的心肝娇娘。'
我的心灵感受到了她那呼喊的回响,
一跃而起,看到了她惊悸紧张模样
(因睡觉时我有意脸朝着泉水方向),
随即抽出了我的宝剑,如长了翅膀
健步如飞迅疾地来到了那泉水旁。
我来到那东西前,它看来非常古怪,
其长相极其吓人,让人恐惧非常,

第六卷 野兽、不法之徒和一个亚马逊女战士的挑战

三个巨大脑袋上的嘴里喷着火焰，
四射的火苗伴随着闪光，呼呼作响。
它活动时弄出的声音就像雷声轰鸣，
震得大地和全部树木都剧烈地摇晃。
它的身躯笨重，几个脑袋长在其上，
在它锥形身子后部一条尾巴细又长。
它一屈一伸、一伸一屈地带着暴怒
蛇行地快速向我冲来，非常疯狂。
请相信，我并没瞧得起它的小样儿。
我高高地举起利剑，带着满腔愤怒，
朝这个怪物的脑袋们狠狠地劈下去，
它们全被砍掉，身子瘫铺在草地上，
它的尾巴进行了最后一次抽打摇晃。
我擦了擦我的利剑，把它插回剑鞘，
这才呼喊那些住在不远处的仆人们，
命令他们把恶龙尸首扔到别的地方。
他们做事儿速度甚至比我说的还快，
扔掉龙尸后马上又回到自己的营帐。
然后我也回到我的床上去重新睡觉，
因为我并不满意还没睡够就被打断，
所以，我的美梦需要再次得到补偿。
此时，姑娘则开始歇斯底里地大笑，
因为她回想起恶龙令人恶心的模样
以及它那极其庞大身躯的快速死亡。
可能她不愿弄醒我，便来到棵树下，

找了个受惊吓后能做白日梦的地方。
哎呀！一头可怕的狮子从树丛跳出，
它也开始冲向前来扑向了这个姑娘。
她惊慌地大声喊叫，呼唤我快救命，
听到了她的呼喊，我立刻跳下眠床，
看到狮子在那儿，马上拎起狼牙棒，
迅疾地一跃而起狠狠打在狮子头上，
狮子一命呜呼，当时就去见了阎王。
当狮子与恶龙尸体都远远地扔掉后，
姑娘以她的灵魂向我起誓，把话讲：
'听着，主人啊，把这恩惠赐予我，
拿起你的鲁特琴，弹奏出曲调声响，
这样才能把野兽带给我的恐惧释放。'

"在此刻我当然不能拒绝她的请求，
便把鲁特琴弹起，她随之放声高唱：
'我感恩，赐予我挚爱的心的爱神，
我高兴做他皇后，没人再让我惊慌。
他是朵盛开的百合，一个香味苹果，
像枝芳香的玫瑰，迷恋在我的心房。'

"当她在高歌时唱到'玫瑰'的时候，
我认为若她用香唇衔着一朵玫瑰花，
看起来才是真正的玫瑰绽放的模样。
鲁特琴悠扬乐曲和姑娘柔美的嗓音

传出很远,欢乐音声不断重叠延续,
山谷中充满了从远处返传来的回响。

从一些迹象我们知道将有事情发生:
就在我俩歌唱时,一些行进的士兵
偶然经过被称为特洛西斯的路上。
这地方正像它的名字所昭示的那样,
将有大战发生,很多人会鲜血流光。
尽管我猜想我们之间距离有一里远,
路上的士兵还是听到了我们的歌唱,
行进的士兵们从路上来到我们身旁。
似乎只看到这非常令人羡慕的姑娘,
他们灵魂简直被她美丽的箭镞刺伤,
每个人难以控制的欲火都越烧越旺。
他们的数目加起来总共有五十五个,
看到我独自一人,便把嘲弄话开讲:
'交出这个姑娘,自己快点保命去吧,
违抗我们命令,死亡就是你的下场。'
然而他们根本就不知道我姓甚名谁。
这个出身高贵的女孩突然间观察到
这些歹徒都是骑马挎枪,全副武装。
他们说的那些污言秽语让她很害怕,
立即用亚麻围巾遮住自己俏丽脸庞,
迅速跑回了我们的帐篷,浑身筛糠。
我对她讲:'为何不说话,亲爱的?'

她说:'因为我嗓音已在灵魂前死亡,
我们会被分开,我性命也不会久长。'
'亲爱的灵魂,别那样想,'我说道,
'神与我们同在,想拆散我们是妄想。'

"我抄起了盾牌和狼牙棒,一跃而起,
像一只雄鹰从高空中扑向松鸡那样,
每一个被我的大棒所击打到的士兵,
就再也没有哪怕一点儿生命的迹象。
还有一些人想要逃跑,但被我逮住,
因没有哪匹马能在我的速度前逃亡。
我声明,说这些事情都不是自我表扬,
因为你知道这一切都是造物主赠赏。
有少量逃走的人在沼泽地里把身藏,
但在被我打到之前就都已被吓死亡。
我捕获了一个活的,从他那里知道,
这些疯狂的、愚蠢的人来自了何方,
满腔沸腾的怒火让他们全部品尝。
随后,我把自己的剑和盾扔在一边,
拉下挽起的袖口,返回去见我的姑娘。

"这姑娘看到我安然无恙的回来,
径直地跑过来把我迎接,满心欢畅,
亲手拿着那玫瑰花的香水向我淋洒,
并亲吻我的右手,祝福我生命久长。

第六卷 野兽、不法之徒和一个亚马逊女战士的挑战

我原本打算用言辞去责备她的胆怯，
不过在说话时混杂了很多爱的柔肠：
'我，像你所想，受伤前就会死亡？'
明白了我的意思，姑娘娇羞地一笑，
说道：'我突然看到那伙儿骑马歹徒，
全副武装，而你孤身一人步行上场。
是这个原因，主人，恐惧才使我惊慌。'
我们回到帐篷，相互亲吻无尽的绵长。

"第二天我打算下到河水中去洗澡，
想换下那件长袍，因上面血迹污脏。
于是传话给姑娘去拿另外一件衣裳。

"随即，我差不多来到了那河水中间，
坐在水中一棵树上等候可爱的姑娘。
瞧呀！此时三个骑马人进入我目光，
他们身上穿着的长袍全是古怪式样，
来到跟前就站立在靠近我的河岸边，
看见我正坐在那大树底下的树根上。
当他们靠近我时，全向我寒暄问好。
正如我后来所知道的那样，他们是
年轻而英俊的那个歹徒叫爱奥那克斯，
老大费洛帕波斯，老三是凯纳摩斯。
我并没有起身，一直保持端坐模样。
'兄弟，你是否在附近见过些士兵？'

我没有一丁点儿恐惧地对他们言讲：
'是的，哥们儿，我昨天曾看到他们，
因为他们要去抢走我的可爱的夫人，
按上帝旨意，我甚至连马都没有骑——
算了，以后想起来我再把结果去讲。'
他们听到这些话，彼此间一再观望，
只见他们嘴唇蠕动，相互低声嘟囔：
'可能他就是那个混血的边境之王？
好吧，我们试试他，就会知道真相。'
那个领头对我说：'我们怎能相信
你所说的，你孤身一人，没有武器，
还没骑马，就胆敢和那么多人打仗？
因我们都领教过他们的勇猛和胆量。
若是实话，须用行动证明并非虚诳。
那你就在我们之间挑选出任何一个，
一对一的决斗，我们就会知道真相。'
对他们一笑置之后，我对其回答道：
'若你们愿意就下马，三人一起上，
要是你们不觉得羞愧，就骑马前来，
我要用行动让你们知道我的力量。
现在，如果愿意就让我们开始比量。'
我迅速穿上靴子，抄起我的狼牙棒，
拿起盾牌，这些武器一直携带身上，
一步跨上岸，说：'快来吧，一起上！'
他们头领喊道：'不能按你说的做，

第六卷　野兽、不法之徒和一个亚马逊女战士的挑战

我们没有三个人打一个的决斗习惯，
每个人都有面对数千人的足够胆量。
小子，你要听好了，我叫费洛帕波斯，
他是爱奥那克斯，老三叫凯纳摩斯。
三个人打一个让我们感到羞愧难当，
还希望你在三人中挑一个决斗为上。'
'好的，'我回答，'那就先来一个！'
随即，费洛帕波斯立刻从马上跳下，
全神贯注高高举着他的利剑和盾牌，
向我猛冲来，明显地期望把我吓跑，
说实话，他进攻带着巨大的勇气胆量，
他的剑猛然地正好砍在我盾牌中间，
我的盾牌飞出只剩手柄留在我手上。
另外两个看到了这一幕，狂吼乱嚷：
'再来一下，费洛帕波斯，让他品尝！'
但是当他刚想再次举起利剑的时候，
我的狼牙棒重重地打在他的脑袋上，
如果不是依靠他盾牌的有效防护，
他必定被打得粉身碎骨，流出脑浆。
老家伙被打得头晕目眩，恐惧异常，
像头公牛那样痛苦呼号，瘫在地上。
另两个看到这个情景立刻策马前来，
像他们所想那样，让我尽快把命丧，
没有丝毫难为情，像先前自吹那样。

"见他们冲来,我夺过费洛帕波斯
手中盾牌,跑着迎向他们来的方向。
这可是一场真正搏斗和顽强的较量。
凯纳摩斯试图从我背后来将我偷袭,
爱奥那克斯想从正面打击直截快当。
我知道他们都要证明自己是个战士,
然而他们根本没有把我打倒的力量,
因为每次我朝他们抡起我的狼牙棒,
他们全都是撒腿就跑,从远处观望,
就像绵羊在一头狮子面前胆怯所为,
也像不停跑走又返回狂吠狗的模样。
这种状况大约持续了好长一段时间,
我的姑娘站在远处,似乎看得迷狂,
面对她,我也故意把自己英姿显彰。
当她看到他们像群狗围着我打转儿,
便大声呼叫着为我鼓劲助力,喊道:
'亲爱的,你行为真是那男人榜样!'
这些话把我的力气再激起,一下就
从肘的上边打中爱奥那克斯右臂膀,
骨头应声碎裂,整条胳膊全部泡汤,
他手中的利剑也随之掉在那地面上。
刚从我旁边经过,他便从马背跌落,
砸在岩石上,剧烈的疼痛将他笼罩。

"这时,凯纳摩斯想独显他英勇行为,

狄吉尼斯·阿克里特：混血的边境之王

于是他便催促坐骑围着我前蹄后往，
还不时做出好像要向我冲来的模样，
这懦夫，他确信这样甚至能吓跑狮王。
我用狼牙棒狠狠地打中他的马肩骨，
鲜血从马嘴和耳边的鬓角喷涌而出，
血流之猛烈就如同那小河之水流淌。
摔倒的马身沉重压在凯纳摩斯身上。
胆怯把他牢牢抓住，恐怖令他绝望，
心想我定让他这不能反抗的人死亡。
我却说，'凯纳摩斯，为何要惊慌？
我的原则是绝不再击打那落马敌手。
如果愿意，就站起来拿起你的武器，
我们一对一进行决斗，像男人一样。
因为击打死尸样的人只是屠头形状。'
这时候，我看到他露出投降的迹象，
因为他已经没力气说话，浑身筛糠。
把他留在这里不管，我转过身看到
此时老费洛帕波斯已经恢复了知觉，
正摇晃脑袋，并用这种方式把话讲：
'上帝啊，天堂与人间万物的造主，
他用高贵礼物装备了你这边境之王。
让我们远离争斗，和我们结成盟友，
你若亲自下令，我们愿做你的奴隶，
跟随你的指令，坚决完成你的主张。'
听到这友善话语，怜悯涌出我心房，

因温顺话语能平定一个人怒火满腔。
我朝他们一笑,用嘲弄语气把话讲:
'你醒了,现在可谈谈你梦中景象。
费洛帕波斯,既然你晚年变得悔悟,
就站起来,带你的朋友去任何地方。
你眼睛将为所发生的一切事情作证,
你追寻的人在聚集时会把你们念想,
此刻我愿独自生活,不想统领匪帮,
因为我是我父母所生养的唯一儿郎。
对你们来说最适合群居在一块干事,
只要一有可能,就会进行袭扰掠抢。
无论何时你们都渴望着再一次打斗,
以便挑选出新的歹徒加入你们匪帮。
从没人说服我入伙,或了解我志向,
对看到这些事的你们我也不能相帮。'

"当时,费洛帕波斯很高兴被释放,
喊叫告诉同伙又能把自由滋味品尝。
同伙根本没指望被打败后还能活着,
他们灵魂本来正在死亡的门前等待,
但听到他的呼唤,又被拉回还了阳。
他们于是把感恩之词毫不吝啬言讲:
'我们真正见识了你的行为,它超越
一切赞美之词,还有你超人的好心肠,
这样的人在今天的世界已难以寻访。

第六卷 野兽、不法之徒和一个亚马逊女战士的挑战

愿上帝奖赏你,作为他极喜欢的人
的判断标杆,我要祝福你和你配偶
长命百岁,相互恩爱,快乐永久绵长。'

"随即我伸出双臂抱起我最爱的姑娘,
我们两个人坐在远处的一根树枝上,
此时太阳十字光晕出现在天空中央。
这时候那三人正在朝什么地方走去,
两个年轻人,非常惊诧,相互嘟囔,
他们较轻年纪和低下智慧旗鼓相当。
'实际上这情景根本不可信,一个
没拿武器的步行男孩凭一根狼牙棒
就打败我们,咱们可都是装备精良!
咱们打败过数千人,征服很多城邦!
现在却被彻底打败,像那雏儿一样,
充满羞耻怯懦和恐惧,越想越窝囊。
他纯粹是个男巫,这地方一个精灵,
认为我们剑法啥也不是,一无所长,
不过是无比愤怒帮了他狼牙棒的忙。
如果他是个人,像这世界的人一样,
也有肉体和灵魂,他也会害怕死亡,
就不会像个幽灵那样挑战宝剑锋芒。
他确实就是那地方一个幽灵和恶魔,
才敢那么自信满满和我们进行较量。
姑娘出现时,你们看到她超常漂亮,

浑身散发的光芒甚至比太阳还明亮。
我们荣耀的她，就是活生生的偶像。'

"他们如同蠢人般就这样胡说乱语，
但费洛帕波斯像老大哥一样把话讲：
'你们说这些话只能是安慰，孩子啊，
是用坏运气的托词去平复灵魂痛伤。
虽然我亲眼见识他是个受尊敬青年，
基督的恩赐让他内涵丰富人品超常，
他具备了英俊、勇气、判断力和胆量，
除了这些优秀品质外，还迅捷异常。
凡是看到过他战斗的人都不会活着，
唯一安慰就是我们此刻还安然无恙。
然而，我们有勇猛名声并流传很广，
不能因他打了我们，就当没事一样。
因此，如果你们需要建议，孩子们，
我们要对这一暴行复仇，血债血偿。
我们赶快回转去召集咱们各路亲朋——
出于自负，他此刻还没把他们全杀光。
如果上帝愿意，如果驻扎在他近旁，
我们晚上把他袭击，这是仅有希望。
如果我们抓住了他，这个年轻贵族
植入我们灵魂中的恐惧将一扫而光。
爱奥那克斯，那姑娘就是你名下新娘。
我认为，她的美貌根本无法去形容，

第六卷 野兽、不法之徒和一个亚马逊女战士的挑战

133

说实话,我断定,在人类中间我就
从来没有见过像她这样美丽的姑娘。
哦呀啊,在我那五十二年的生命里,
我曾经闯荡过很多城市和一些城邦,
但所有的女人都被她的美丽所打败,
就像太阳光芒让无数星辰黯淡无光。
所以还是鼓起勇气吧,我的好先生,
今后她就是你所独享的尤物和娇娘。'

"老家伙这番话,他们想是好主张,
于是便前往灯塔那里集合兵勇丁壮。
整晚都点燃着作为集合号令的火把,
却无一个人前来,让他们大失所望。
这二人走过去把老费洛帕波斯指责:
'为什么如此麻烦,勇敢的老男人?
你不信任我们,没见识过我们胆量?
我们能耐你不是早已知详,我们在
战场上的作为你不是曾给予过褒奖?
我们在没有被打败时,你不也是对
我们那些难以置信的举动感到惊异?
这男人打败我们不过是凭新手的鲁莽。
至于其他人,你怀疑都已被他杀光?
你应该听一听孩子们狗吠样的忠告:
让我们放弃这徒劳无益的设计谋划,
去找咱们亲戚,那个马克西莫姑娘,

乞求她与我们合作去打击这个男郎;
她有精锐兵勇,如你心知肚明那样。
只是不要告诉她此前曾发生过什么,
若她知道真相,就不会同意来相帮。
做这样的差事啊既要精明又要小心,
要用咱们的计划诱使她甘心来上当。
如这样情况实现,胜利就属于我们,
那你就是火炬,我们跟你蹈火扑汤。'

"这个美妙建议让老男人非常满意,
他们立刻骑上马去把马克西莫拜访。
马克西莫是亚马逊人若干后裔之一,
祖先被亚历山大①从婆罗门带到这地方。
她从祖先那里获得巨大惊人的活力,
认为征战才是那生活的乐趣与辉煌。

"据说,当费洛帕波斯来到她面前,
绅士般地向她问候:'女士,吉祥!'
她回答:'上帝眷顾,一切顺遂安康。
你如何?噢,最出色男人,孩子怎样?
为何不带他们一起见我?愿闻其详。'
老家伙再次开言,但没有说出真相:
'我的孩子,爱奥那克斯和凯纳摩斯,

---

① 指亚历山大大帝一世。

狄吉尼斯·阿克里特：混血的边境之王

上帝庇佑，都好，女士。他们在站岗，
渴望去彻底摧毁掉那些不合法武装。
他们让我放松身心，有片刻的休息，
更确切地说，是让我按照上帝安排，
去把一件最美好和最珍贵礼物寻访。
为了此，我就再没上过安稳的眠床。
与我那两个最亲爱的孩子们分别后，
这一天我骑着马，爬上了一座堤岸，
观察浅滩时注意到有人在我的前方。
当我到达那条叫'特洛西斯'的大路，
在它左手边上那个植物茂盛的草场上，
我发现一个比黄金更宝贵的战利品，
那是个我眼睛从没见过的漂亮姑娘。
她超凡的美丽光彩摄人魂魄，她的
眼中流露出难以形容的优雅与慈祥。
那曼妙身材如修竹挺立，养眼异常。
她魅力摄人魂魄，像色彩鲜艳的画像，
我终于想起她是杜卡斯家族的女郎。
我打算让她嫁给爱奥那克斯那小伙，
不知为什么，一个男人已捷足先登，
正和她如漆似胶地一起待在草地上。
因此，如果你很在意你可爱的亲戚，
那就为他①鼓起斗志，保持清醒吧，

---

① 指爱奥那克斯。

用行动来证明你爱咱们家族的情肠。
因为他是真正的朋友和实在的亲属,
他总是渴望去把所爱人的痛苦分享.'

"老费洛帕波斯用这样言辞把她欺骗,
使马克西莫一点点儿地软化了心肠,
因女人容易被欺骗,本身就理智不强。
她根本没问究竟是谁和这姑娘在一起,
便立即兴高采烈地召唤她的主要伙伴,
也是其他人头领的莫里马塔斯来商量。
她对着他兴奋地微微一笑,然后说道:
'你是否听到非凡的老费洛帕波斯所言,
他刚刚发现了一个可爱的猎物在边疆?
他请求我们和他一起去捕获这只猎物,
然后一同把快乐和美味的佳肴来品尝。
无论如何,赶快出发去把那歹徒寻访。
从全体人中挑选一百个久经沙的精兵,
骑上最好的马和带上最好的剑戟刀枪,
我们将不费吹灰之力就把他抓到手上.'

"没胆量去拒绝他的女主人的命令,
莫里马塔斯当天晚上来到前方哨所,
点燃了灯塔,召集分住各处的匪帮。
一千多名士兵前来,全都久经沙场。
从这些人中他挑选出来一百名贵族,

带着这些人与他同回到女主人身旁。
当她适宜地提供了兵士们需要之后，
便命令他们带着武器在第二天出场。
她和另些人则立即动身出发来找我，
老费洛帕波斯引领他们，热情高昂。
现在他们一伙到达我驻地旁的山顶，
老家伙给他的朋友看安排好的标记，
那正是爱奥那克斯事先点燃的火光。
第二天他们召集的队伍也准备完毕，
满心高兴来到马克西莫停留的地方。
这些准备好的人都是她的亲朋好友，
马克西莫高兴地把他们迎接和赞扬。
当他们行进到靠近河边堤岸的时候，
老费洛帕波斯又开始滔滔不绝言讲：
'我的夫人和兵勇们，看那里就是
我发现姑娘地方，这地方险要异常。
我们不要一拥而进，那会弄出喧响，
这等于给那守卫姑娘的人发出警告，
那样我们还没来得及动手，他们就
会受惊而逃进森林，猎物就会跑掉，
我们费尽力气的行动将会徒劳一场。
所以要派遣两三个人先行前去打探，
偷偷地摸清那个姑娘待在什么地方。
然后留下两人在那儿守候把她盯住，
另外那个返回报告姑娘的具体情况，

你这才能把男孩逮住,不让他逃亡.'
听了这话,马克西莫对这老男人讲:
'噢,睿智的老人,我委托你下命令,
就按你的愿望,我们服从你的主张.'

"随即费洛帕波斯带着莫里马塔斯
和凯纳摩斯,三人一起悄悄渡过河,
并命令其他人留在原地继续等待,
直到把侦查信息传回,他们再前往.
而在此时,我正待在外边的哨位上,
手拉着战马,坐在一块岩石上瞭望,
他们前来的举动,都被我瞧得真详.
费洛帕波斯看见我,用手指点着让
莫里马塔斯观瞧,并说:'瞧见没?
正坐在山脊的岩石上的那个家伙,
就是和你说过的,是他占有了姑娘.
我们先不要和他面对面,让他看到.
先找找那女孩被他藏到了什么地方.
然后按刚才所说去通知我们的队伍,
虽然他是孤身一人,但他的确很棒.
我已知道这个男人凶猛到什么程度,
强烈要求大家别单独出头同他打仗.'
尽管凯纳摩斯赞同老家伙说的一切,
但莫里马塔斯对他的主张并不买账,
立刻反驳说:'即使与一千个人决斗,

我也不会承认需要别的人前来帮忙；
对付一个人难道还要等待军队相帮？
若这确实是你在夫人面前提到的那人，
我如不单挑他，会被人称作懦夫绵羊。
与其被人看作孱头，不如自戕身亡！'
说着这话，他使出全身力气向我冲来，
心里想这老家伙的话纯粹是一派胡讲，
因这野蛮的种属根本不相信这一提醒。

"我看到他冲了过来，另两人也是一样，
但他俩跟着跑是想看会发生什么情况。
我飞身跨上马也奔驰向前把他们迎上。
莫里马塔斯打马冲在几个人的最前面，
照直对我刺出长矛，想一下让我把命丧。
当他经过时，我技巧高超地闪避躲过，
并打出狼牙棒，他立即落马摔在地上。
我站在旁边看他是否还有机会能爬起，
就在我注意力都集中在这儿的一刹那，
加之这地方树木茂密，植物相互依傍，
我没有看到老费洛帕波斯已冲到身旁，
他的长矛猛然地把我战马的大腿刺伤。
我的战马疼痛难忍，情绪激愤狂放。
我转身看到这个老家伙正撒腿逃跑，
便对他喊：'为什么从我这儿逃亡？
如果你是战士，就和我面对面较量，

别像那些奸诈的偷偷咬人的狗一样.'
但他不仅没停反而比刚才跑得更快,
和凯纳摩斯趟过河水跑到对面岸上.
我对他们紧追不舍一直追到河水旁.
当我看到前面有支军队,全副武装.
我判断没有足够武器最好别再追赶,
更何况战马因为受伤已经步履踉跄.
于是我立即直接返回了姑娘的驻所,
拿上了我的武器,更换了另一匹战马,
并和我的美人把话讲:'最亲爱的人,
快来,我要把你放在一个山坳里隐藏.
从那里,你会看到敌人被无情地摧毁,
会知道上帝给复仇者多么巨大的能量,
现在你要对他的全能力量给予赞扬.'
她快速起身跨上了我的马背,当然
我的马背上总有她的座位预备妥当.
当我们到达了我所说过的山中之地,
把她安置在一个视野开阔的小山上,
那里有个天然的洞穴权当她的住房.
这山洞被浓密树木掩盖,非常难找,
但这里能把远处发生的事看得清爽,
它如此隐秘外面人难以看到这地方.
在这里我边向她解释边把姑娘隐藏,
并命令她发生啥事都不要害怕惊慌,
在我与敌人格斗时更不要高声喊叫——

第六卷 野兽、不法之徒和一个亚马逊女战士的挑战

'因为你的叫声不仅会引导他们前
来把你扑捉,而且在我忙于战斗的
时候会让我分心,陷入那危险境况。'

"我火速赶到河边,看到他们的队伍。
正离开那河岸寻找涉水渡河的地方。
我看到,马克西莫已离开其他兵勇,
只有四个最邪恶歹徒跟随在她身旁,
他们是老费洛帕波斯、爱奥那克斯、
凯纳摩斯和里安德,后者勇冠群伦。
他们打马奔驰下到河流对面的边缘,
每边各俩人,中间是马克西莫姑娘。
马克西莫胯下所骑的战马浑身雪白,
只有鬃毛、尾巴、额发和两只耳朵
以及四个蹄子被染成了鲜红的颜色,
全部的马具都是采用黄金装饰嵌镶。
她护胸盔甲也因金子镶边闪烁光芒。
她转身面对老男人贴近地向他询问:
'噢,费洛帕波斯,他是女孩啥人?'
他用手指着我:'就是那女孩情郎。'
然后又接着问:'他的士兵在哪里?'
他答道:'夫人呐,他从不要人帮忙,
这家伙唯独只信自己的勇气和力量,
这是他独特的方式并以此吹牛张扬。'
'你这被三倍诅咒的老东西,'她骂道,

'你就让我和队伍为这么个人紧张？
以上帝名义夸口,我一人过河会他,
去亲手拧下他脑壳,不用你来帮忙!'

"她狂怒地骂着,匆匆要渡河前往。
我朝她喊道:'马克西莫,你别过来,
常言说,通常都是男人主动找女人,
还是我过来会你吧,这样做才适当。'
说完我把马刺一磕,催马纵身入水,
没想到却跳进激流,浅滩没能踏上,
河水极深,我的战马被迫凫水渡江。
这是段狭窄的河道,水流湍急疯狂,
看不见的漩涡和大量杂草水中隐藏,
我和战马则决绝有准备地向前猛闯,
马克西莫在岸边以逸待劳等我攻上。
跟她来的有些人跑到了水上的浅滩,
还有人埋伏起来想找机会把我扑捉。

当我确信我的马蹄已触到水下河床,
便厉声地催激战马,同时抽出利剑,
人马合心技艺高超地一跃而到岸上。
准备就绪的马克西莫立即向我冲来,
一阵风来她长枪扎在我护胸甲中央。
这对我根本不能造成伤害,我打断
了她的长枪,又抡起利剑朝她猛砍,

第六卷　野兽、不法之徒和一个亚马逊女战士的挑战

我的宝剑一下子砍掉了她的马脑袋，
以至于马的身子一下子翻滚在地上。
她下意识往后一退，浑身哆嗦打战，
随即跪地哭喊：'别杀我，年轻的豪强！
我是犯错女人，受了费洛帕波斯欺诳。'
我留意到她说的话，对她有些好感，
再说她很漂亮，让我有了怜悯心肠，
于是离开她，前去把其他的人追赶。
多么大的胜利啊，我都不好意思讲，
朋友啊，唯恐你们认为我吹牛撒谎。
因为一个热衷于谈论自己业绩的人，
会被听众认为这家伙只会自我夸奖。
在此展示这些事情并不是我在吹牛，
我以给人力量智慧的他的名义发誓，
因为只有他是一切美好事物给予者。
因此，我将说出后来所发生的一切，
你们听者要对我说出的事把我原谅。
因为心灵轻佻和精神上的懒散随便，
此后我又陷入了那通奸行为的坑塘。
关于此事我会把其中原委完整讲出，
它的真相将在下面章节里呈现细详。

"马克西莫失去了她的战马之后，
一直留在那儿的草地上。如前所言，
我冲向其他人，再次投入厮杀战场。

在进攻之前,他们都已经靠近了我,
但当看到那些先前和我交过手的人,
都被我从马上打落,碎肢撒满地上,
从这样的行为中他们知道了我是谁,
他们相信只有飞才能获得安全保障,
但此时却没有几个能逃出我的手掌。
当和这些人战斗结束之后,我回转
过身来,突然看到了那四个坏家伙:
就是费洛帕波斯、爱奥那克斯以及
凯纳摩斯和里安德冲出那森林中央。
冲在前面的是那凯纳摩斯与里安德,
老家伙和另一个紧跟随在他俩后方。
他们期望用前后夹击办法把我逮住,
但那全部诡计都变成了徒劳和泡汤:
因为我一看到他们就立刻催动坐骑
朝最前面的那两个家伙飞扑了过去,
根本不去理会跟在后面的两个豺狼。
里安德不知道我是哪个,抢先攻击,
我一棒打去,他连人带马栽到地上。
凯纳摩斯见此情形,转身躲到一旁。
另两个则把利剑斜挂在自己的肩膀,
用长矛从两边猛然地刺向我的胸膛。
我迅疾地挥抡着我的刀向他们砍去,
刀锋弧线过后两人长矛全成了断枪。
他们掉头奔逃,拼命打马还嫌太慢,

甚至没有回过头往后看的足够胆量。
看到如此狼狈相,我嘲笑对他们喊:
'回来!难道你们如此害怕一个人
不觉得羞耻?'但他们却跑得更惊慌。
同情他们被打败,我没再继续追赶——
那是我的方式,对溃逃者给予怜悯,
去征服但不要压碎,去爱我的敌人——
我转过身走向马克西莫,神情安详。
我来到她的跟前,开口对她把话讲:
'你相信自己力气,口气过于狂妄!
走吧,招集那些为活命而逃跑的人,
找那能打败的对手去测试你的专长。
如你所知道的我的习惯,也曾品尝,
从发生的事件中你已学到不要吹牛,
因为上帝一直是那傲慢者的对立方!'

"这时她趋步向前,我们俩碰了面,
她优雅地把自己的双手紧握在一起,
并且有礼貌地把她的头垂向了地面,
'最高贵的男人,'她说道,'我承认
你力气盖世无双,你仁慈博大无边,
这样男子汉气概很长时间已较少见。
当我摔下马来,凭你那超人的勇猛,
能轻易杀死我,你却对我以德报怨。
愿上帝耶和华保佑你,高贵的军人,

我极为敬佩的主人和你可爱的夫人,
庇佑你们把他光辉永浴,健康永年。
尽管我曾经遇见过许多高贵的勇士,
他们在战场上声名卓著,顽强勇敢,
但我一生中根本没见过有哪个男人
在男子汉气度方面能够与你比肩。'

"随后她拥抱了我的脚,又把我
右手亲吻,还温情地说出下面语言:
'祝福你的爸爸和生了你的那个人,
祝福你妈妈那哺育你的乳房更丰满。
再没有别的像这样的男人被我看见。
我乞求你,我的主人,请再满足我
一个过分要求,因为这样你才能够更
清楚知道我有多么丰富的战斗经验。
请你允许我现在就自己骑着马离开,
这样明天早晨我就能到达一个地点。
那里就咱俩决斗,不会有别人出现。
好先生,那时你才知道我有多勇敢。'
'我乐意,马克西莫,'我对她回答,
'你先去吧,定会在那儿看到我容颜。
若一人不行就带上你那些同伙罪犯,
我俩哪个最强,让他们来了解检验。'

"随后,我抓来离群乱跑的一匹马,

这马正是她那些被打死伙伴所失散。
我把马牵到她跟前,让她骑上走远。

"这之前当她的士兵们看到我把姑娘
打下马,如鹰一样从四面向我扑来,
有人在合适距离用长杆刀向我猛砍,
有人拼命用手中长矛企图将我扎烂,
另有人用手中短剑对着我身体猛钻。
谁是我的同盟者,护卫我避开灾难?
只有上帝,这个伟大和正义的判官,
是他从天堂把巨大帮助给我送下来,
让我奇迹般在敌人重围中不受伤残。
在如此众多的敌人的紧密包围中间
来自四面八方的攻击都变成了溃窜。
因为我的护身甲被制作得坚固异常,
感谢上帝,让我在搏斗中免受灾难。
他们这些冒失行为没有什么好结果,
在上帝帮助下他们很快收获了毁灭。
帮助我的还有那圣徒受难的西奥多、
狄米特律斯和乔治,与我一同作战。
战斗中我并没有用长矛和弓箭攻击,
而是抽出利剑,在臂及范围内飞旋。
这些人只要一被我抓住就会被宰掉,
大地把一个个失去灵魂的脑袋吞咽。
其他那些想逃跑的人很快被我赶上,

他们已不能反抗,更不能和我交手,
纷纷从马背上摔下,远远扔开刀剑,
被吓得或如丧家之犬,或叩首求天。
那些被遗弃的没主人的马匹有很多,
我给马克西莫的坐骑就是从中随手牵,
以便她回家途中和渡河时把她驮载,
我确信此刻她已被感激的情绪充满。

"随后,我回到了营地把盔甲解下,
换上了一身做工精美质地优良的衣衫。
戴上一顶波浪样驼毛编织成的红色帽子,
换上鞍辔给一匹带有斑点的栗色骏马,
这匹马的性情正好适合那男子汉气概。
我带上利剑、盾牌和令人忧郁的长矛,
午夜时分渡过大河向约定的地方前来。
出发前我曾犹豫是否先去接我的女孩,
但最后还是派了两个女仆去把她陪伴,
因为一直有少数女仆和我们在一块儿。
她们的住处离我们的帐篷相隔并不远,
我们不住在一地,是因男女必须分开,
作为女人,她们的帐篷搭在自己的地界。

"如我所说,我渡过了那幼发拉底河,
在一块非常可爱的草地上躺了下来,
也让奔驰了整晚上的战马歇息解乏。

狄吉尼斯·阿克里特：混血的边境之王

到了黎明时分，我醒来后重新上马，
骑行到了那事先约定好的平原地点，
站在那里等待着与马克西莫的会面。
正当天际中的一抹光亮透出了黑暗，
太阳的光辉闪烁照亮了群山的峰岚，
嗨呀，瞧，马克西莫在约定地方出现。
她骑着匹训练有素浑身漆黑的母马，
穿着一件棕黄色丝绸制作无袖短衫，
绿色的柔软头巾点缀着金色点点。
手握的盾牌上画着雄鹰展翅的图案，
一把阿拉伯长矛和彩带缠着的利剑。
我立刻催马朝她奔驰过去与之相会，
当来到一起时，我们首先拥抱寒暄，
相互致意，说良心话似乎老友相见。
随即驱动战马，开始了再一次大战。
我二人急速地来回追逐，你杀我砍，
先用长矛互刺，但没有人马被打翻。
我们彼此分开，又抽出了各自利剑，
再一次相互攻击，杀得个天昏地暗。
但好朋友，我是克制着不伤她半点儿，
因为杀死她不仅是男人的一个耻辱，
本质上甚至是对所有的女性的挑战。
当然那时候她还以勇猛而闻名于世，
所以，我这才能够不羞愧于和她开战。
我只是刺伤了她右手上面的手指头，

结果她手中紧抓着的利剑掉在地面。
她立刻被恐惧抓住,吓得浑身抖颤。

"'别害怕,马克西莫!'我对着她喊,
'我怜悯你,一个女人有如此美容颜。
从我动作中你清楚地知道了我是谁,
我要用你的马来证明我的力大无限。'
说着话我猛然抡起利剑使劲往下一劈,
她所骑的战马立刻从腰中间断成两半。
马的半截子躯体摔倒在她身子的一边,
其余的部分倒在她身体另一边的地面。
她极度恐惧,被吓得往后猛然地一退,
用凄厉的嗓音大声求饶哭喊:'求求你!
求你开恩,主人呀,虽然我罪孽滔天!
若你不鄙视我,就让咱俩做个伙伴儿,
我一直是处女身,从没有人把它沾染。
你赢了,就请把我的贞洁作为收成独占;
以后还会有我这同盟者帮你与敌作战。'
'马克西莫,你不会死!'我对她坦言,
'但你想要成为我的妻子那却是枉然。
我已有了合法的妻子,她美丽而高贵,
对她的爱我绝不会残忍地否定和背叛。
现在,就让我们一起到那边儿树荫下,
我将告诉你关于我的一切,详细谈谈。'
我们一起走到幼发拉底河边树林里,

马克西莫姑娘用河水洗干净手之后,
把灵验的药膏涂在自己的伤口上——
我们总是习惯于把治伤药物带到战场。
因为天气太热,她脱掉那件粗呢外装。
她那紧身的短上衣单薄得就像蜘蛛网,
丰润的酮体就好像在镜子中呈现一样,
她的胸部上的一对乳房坚挺微微摇晃。
她如此美妙漂亮,我的欲火越烧越旺。①
当我从马上跳下来时,她就高声叫嚷:
'欢迎你,我的主人!'跑来抱住我臂膀,
'我是你真正的奴隶,这是交战的奖赏。'
她在右手边儿愉快地不停亲吻我的脸庞。
此刻,我也是欲火燃烧,情欲更荡漾。
我不知道身处何地,心已被完全烧伤。
我想尽办法试图去逃脱这情欲的罪孽,
内心中也曾自我谴责,不断争论彷徨,
认为这是那些淫魔依附在了我的身上:
'幽灵啊,你为什么让我爱上仇敌?
让我与无忧泉分离堕入情欲的泥塘?'
我正按此方式思考时,我的朋友啊,
马克西莫却把我的爱火撩拨得更旺——
她的甜言蜜语不断灌进我的耳朵里,
更何况她又是可爱处女,年轻漂亮,

---

① 因原来的 G 版本丢失了一页,所以英文译者赫尔从安德罗斯岛版本取出这一页内容加在了这里。

我已被这罪孽完全征服,无法躲藏。
当我们的可耻的交媾获得了满足后,
我离开她,并把她送到回家的路上。
作为安慰,还把下面的话向她言讲:
'去个宁静地方,姑娘,别把我遗忘。'
随之我骑上马渡过幼发拉底河的波浪。
但她的处女膜在获得了我沐浴滋润后,
则更强烈地渴望我能重新回到她身上。

"后来,我回到了可爱的妻子的驻地,
下马后,给了她无数的亲吻,极尽疯狂。
我自语:'瞧,我的灵魂,她①是复仇者,
这是造物主所给予你特殊类型的相帮。'
我的叙述让姑娘在心底升起一丝嫉妒,
说道:'谢谢你讲出的事情,主人,但烧伤
我们的爱火为何你把它燃在马克西莫身上?
我不知道你和她之间究竟有什么勾当,
万能的上帝也许知道全部隐藏的真相,
但**他**会把你们罪孽全原谅,我的情郎。
然而,年轻人,你不要再做这样的事情,
否则,上帝会用正义的审判给你报复;
为此,我才把一切献给对上帝的信仰。
他会全力保护你,会去拯救你的灵魂,

---

① 这里的"她"指的是自己的夫人。

并允许我再享受你那令人愉快的美德
和很多美好的时光。我最亲爱的心脏！'

"可我却一直用欺骗的言辞把她劝说，
讲了与马克西莫交战从始到终的情况：
包括我是如何用兵器打伤了她的右手，
还添油加醋渲染了她是如何鲜血流淌，
及失血过多马克西莫将会死亡的境况。
说我若不跳下马来，迅速给她洗涤包扎，
怜悯她，一个本性柔弱的女人必定死亡。
'我给她洗了手，包扎了她身上的伤，
这就是我回来迟的缘由，我香甜的光！
这样做才没人指控我杀害了一个女郎。'
当我说了这些后，姑娘才减轻了忧伤，
认为我对她说的这些话不是瞎掰虚诳。
"然而，我脑海中全是姑娘话语萦绕，
更感到自己行为的荒唐，怒火万丈。
我立刻上马冲出去，好像去狩猎一样，
抓住了马克西莫，冷酷无情将她杀死，
——这个淫妇、罪犯和肮脏的杀人狂。
我随即返回了我的姑娘等待我的地方，
之后一天多的时间都在这里盘桓游荡。
转天我们俩一起下山回到我们的营地，
因为那可爱的草地充满了乐趣和芳香。

经过一天多的慎重的思考和商议之后，我认为我们最好生活在幼发拉底河旁，要在那修建座豪华和不寻常的殿堂。"

第六卷 野兽、不法之徒和一个亚马逊女战士的挑战

第七卷 他在幼发拉底河畔生活状况

【他的花园和宫殿建在幼发拉底河畔。他的爸爸死去;他的妈妈搬来和他生活在一起。他日常生活的细节。他妈妈的去世。给他妈妈的赞美词。】

巴西勒,这个非凡的混血的边境之王,
卡帕多西亚古国一枝独秀的后裔儿郎。
他是勇猛者的花冠,是无畏者的顶峰,
更是那全世界年轻人非常喜爱的榜样。
他在勇敢地平定了整个边境地区之后,
又征服了很多难以驾驭的国家与城邦,
最终选择了他的居所在幼发拉底河旁。
幼发拉底,这是世界上最美丽的河流,
它的源头出自于伊甸园那始祖的天堂。
并从那里它获得了特有的芳香和甜蜜,
它的流水如同新融化的雪,清澈冰凉。
这边境之王挖渠让河流改道引水前来,
在这里修筑起了另外一个人间的天堂,
一个伊甸园奇异但真实矗立在大地上。
这乐园的四周被适宜的高墙所环绕,
四周围墙的下部都是大理石的柱廊。

第七卷　他在幼发拉底河畔生活狀況

园里面生长的植物散发着欢乐气息,
树木枝叶茂盛,藤缠蔓绕,搭臂挽膀,
这正是植物本身竞相成长的好景象。
在两边的墙上悬挂着可爱的葡萄藤,
长长藤蔓茂密兴旺,向上延展生长,
果实和花朵一层层地悬挂在藤蔓上。
树下面的土地上生长着可爱的花草,
在色彩斑斓的花朵上,映闪着阳光,
鲜花有芳香的水仙、玫瑰和桃金娘。
玫瑰花是大地上深红色的装饰物,
水仙花无愧是地球的乳白色盛装,
而紫罗兰则显出大海般蔚蓝的色彩,
平静时微风吹拂常常搅起细细波浪。
还有那丰沛的河水穿流过绿色草场。
有一些不同种类的鸟儿在园中筑巢,
有些鸟儿则因为乖巧而被人类饲养,
但更多是凭借翅膀在园中自由飞翔,
或在树梢上惬意地嬉戏和上下翻荡。
有一些小鸟儿正在尖声甜美地鸣唱,
有些正把美丽翅膀当成华丽的盛装。
还有爱炫耀孔雀、鹦鹉和天鹅闲逛。
天鹅在河水中寻找着鱼虾补充营养。
孔雀翎翅张展成一个花一样的扇面
它们的翅膀看起来像美丽花朵一样。

在这令人惊奇的舒适的人间乐园里,
那高贵的边境之王建起了他的殿堂。
它是尺寸适中、琢石建造的正方体,
有着堂皇的圆柱和高悬在上的美窗。
他用珍贵大理石马赛克装饰天花板,
马赛克打磨得非常明亮,闪闪发光,
明亮人行道用宝石砌成棋盘纹形状。
在这房子的内部他筑成了三个楼层,
每层的高度适中,天花板都已装潢。
十字型的大堂里有五个奇异的小室,
华丽大理石向外发射着一簇簇亮光。
艺术家们打造的如此精美的艺术品,
初以为你所看到的是个精美的挂毯,
其实是石头闪光和万花筒般的花样。
这里地板都是用黑色的玛瑙石铺成,
擦拭得如此光滑明亮以至于看到了
它的人都认为是水结成的冰面一样。
中间大堂两边,每边都建造了一座
有着金色屋顶的长方形可爱宴会厅,
宴会厅描画了各种古人英勇辉煌的
胜利场景,这画全用金马赛克嵌镶。

第一幅画的是力士参孙和异邦人搏斗①，
他曾独自一人用双手撕碎过猛狮胸腔。
画面显示的是异邦人城市的大门紧锁，
他被囚禁在了城中一座神殿的柱子上，
受尽外邦人嘲弄以及他们被摧毁景象。
最后这个神殿柱子被他突然用力推到，
因为这些天他的力气已完全恢复原样；
最终他与异邦人同归于尽，全部死亡。
中间一幅画的是没拿武器的大卫王，
手中拿着投石器和石头，器宇轩昂。
在他的旁边画着歌利亚②，身材硕壮，
看起来非常可怕，身上的力气超常，
从头到脚，全身都用铁质盔甲护防，
手中还拿着织布梭子样的锋利投枪。
浑身的颜色被画家涂抹得铁色一样。
这画的也是大卫战斗中的经典时刻，
歌利亚如何被准确投出的石头打中，
身体受伤立刻扑倒在那地上，以及
大卫如何一跃而起，举起他的宝剑，

---

① 此处的"异邦人"指非利士人，系《圣经·旧约》中一个居住在巴勒斯坦南部海岸的好战民族，公元前 13 世纪的埃及文献称之为"普利斯特人"。他们曾屡次战胜与之争霸的以色列人，占领迦南的部分山区。以色列王扫罗即败亡于其攻势，公元前 10 世纪为大卫王所败。有关参孙的故事，见 40 页注释①。

② 《圣经·旧约》中被大卫杀死的非利士巨人。他自幼从军，身材魁梧，披坚执锐，骁勇善战，为非利士军中一员猛将。当他向以色列人叫阵时，无人敢于迎战，后被大卫用机弦甩出的石子击中额头而死，人头被大卫割去。

砍掉了他的脑袋,取得了胜利辉煌。
然后是来自扫罗的迫害,他谦恭逃避
了上千次阴谋,完成上帝复仇愿望。

他画了希腊传说中阿喀琉斯的战争,
阿伽门农美丽女俘和他对命运躲藏;
智慧的珀涅罗珀①;求婚者被杀光;
俄底修斯面对库克罗普斯②的胆量;
英雄柏勒罗丰③杀死基迈拉④的辉煌;
还有亚历山大的胜利及大流士⑤失败,
坎达丝⑥的王宫还有她无与伦比睿智;
以及抵达婆罗门,征服亚马逊,和作
为智者亚历山大大帝的其他各种功业,

---

① 荷马史诗《奥德赛》中俄底修之妻,以对婚姻忠贞不渝而成为妻子的楷模。在丈夫外出归来之前,为摆脱诸多求婚者的纠缠而竭忠尽智。在盼望了整整20年之后,她的丈夫俄底修斯终于返家,杀死所有的求婚者,夫妻团聚。
② 库克罗普斯,希腊神话中的独眼巨人。
③ 柏勒罗丰,希腊神话中的科林斯英雄。
④ 基迈拉是古代希腊神话中一种狮首、羊身、蛇尾且会喷火的怪兽,其名在希腊文中意为"母山羊",最早见于荷马史诗《伊利亚特》(卷六·一七九)。有关它的早期传说亦见诸赫西俄德《神谱》319行等。
⑤ 古波斯帝国阿契美尼德王朝第三代君主,其父为冈比西斯。公元前552年,在镇压高马达政变和各地起义后取得王位。他在位期间积极扩军备战,极力推行侵略扩张政策。在其统治期(公元前522—公元前486年),阿契美尼德王朝臻于鼎盛。公元前5世纪初,他发动了侵略希腊的希波战争,但在公元前490年的马拉松一役中被雅典人击败。
⑥ 埃塞俄比亚女王的称谓。据纳巴塔(Napatan)地区发现的铭文记载,埃及人对于"坎达丝"这一称谓的同义语为"王之姐妹"或"王之母亲"。因此,"坎达丝"一词所指的先王之姐妹,可能并非先王的嫡亲姐妹。但即便如此,继位的新王必须为库斯特皇族中拥有"坎达丝"头衔的女人所生。

还有他那些其他类型非凡勇敢的图像。
埃及瘟疫期间,摩西奇迹①也在画上,
出埃及时犹太人不知感恩,嘟嘟囔囔,
民数记记载了约书亚②把光荣命运承当。
此外摩西还有很多事迹也被这个混血儿
用金马赛克镶嵌在宴会厅四周的墙壁上。
每个看到这些精美绘画的人都兴奋异常。
在宫殿群的里面还有一个精美的庭院,
这个庭院的面积又长又宽,非常的宽敞,
他放置了很多著名的艺术品,一个圣徒
名为圣西奥多殉道士的神龛在其中安放。
后来他把父亲遗体从卡帕多西亚带过来,
也正是在这里把他那光荣的父亲来安葬,
父亲的坟墓用的是华丽的石材修建装潢。

然而,这个非凡男人首次感到了悲伤,
因为此时他听到自己父亲已病入膏肓,
一场严重的疾病已经让爸爸奄奄一息,
他立刻起身赶回了卡帕多西亚的故乡。
当他急匆匆地来到父母的家门口时,
看到迎接的人都神情悲凄、泪水涟涟,

---

① 摩西为公元前13世纪希伯来人的领袖和先知。这里所言的"摩西奇迹",系指摩西率领希伯来人神奇般地横越红海。
② 约书亚是《圣经·旧约》征服迦南故事中的重要人物,本名何西阿,早年是摩西的助手,具有出众的军事才能,后被摩西更名为约书亚(意谓"耶和华是拯救者")。摩西死前,约书亚被指定为继承人,领导了巴勒斯坦征服战。

这时候他就知道亲爱的父亲已经死亡。
于是立刻跳下马来，扯破自己的衣裳，
急忙奔向屋里，拥抱着父亲的遗体，
泪水纷飞，高声哭号，极其痛苦悲伤：
"爸爸，醒过来，看看你最亲爱的孩子，
看看你唯一的儿郎，再把一些话儿讲，
建议啊，忠告呀，只别沉默让我绝望。"
他一声比一声高地哭喊着，号叫着，
他的哭叫声每一个人都能听得很清爽：
"为什么你不回应你亲爱孩子的呼叫，
不置一词，缄口无言，和以往不一样？
呜呼，神启声音也一直这样缄默不响。
呜呼，那甜蜜的嘴巴就这样紧闭不张。
明亮的眼睛和俊美的躯体在哪里隐藏？
谁束缚了你的双手，拿走了你的力量？
是谁绊住了你那无以伦比的奔跑脚步？
又是谁大胆地扭转了你对我那无边的
爱的方向？爸爸，难道是你自己？噢，
这是违约！是彻底毁灭！是极苦痛伤！
噢，你的灵魂把痛苦和哀伤全都承担，
只是叫着我的名字直到你那临终时光。
假如那时有片刻时间能听到你的声音
和你最后的祷告，那我该有多么快乐，
我会亲送你灵魂离开——从我的臂膀。
我会用自己的双手亲自洗涤你的躯体，

合上你的眼睛，噢，我最亲爱的父王！
现在，我是世界上最不开心的一个人，
无限的哀痛把我的心房弄得极为受伤。
看到这样的结果，还不如就让我死亡！
死神啊，为什么你嫉妒让我看到他还
活着的快乐，而不把我带到地狱厅堂，
为什么非要显示你的不公正和荒唐？"
这个混血的青年人悲痛得边哭边讲，
人们都说，甚至连石头都感到了哀伤。
他那非凡卓越的妈妈也和他一起服丧。

就这样，在他的爸爸去世的几天之后，
他们带着崇敬举行了最后祈祷和殓装。
然后，这个非凡的男人带着父亲灵柩
和妈妈一起回到了自己在河畔的家园，
并把父亲的灵柩立即进行了妥善安葬，
安葬在了他所修建的精美的圣祠中央。
从此妈妈就和儿子居住在河畔这地方。

那之后，他们母子间相敬相爱故事
我将会告诉大家，其实也不用多讲。
他们每天都以这种方式快乐地来往：
这个非凡男人常常带着鲁特琴前来，
晚饭结束前和妻子一起为母亲弹唱。

姑娘①歌唱时,她的歌声比夜莺婉转,
她甜美嗓音甚至比长笛还响亮高昂。
当鲁特琴的声音转换成舞蹈的音调,
可爱的姑娘会立即从坐榻站起身来,
身姿伸展在地翩翩起舞,飞转霓裳。
我根本无法描绘她旋转舞姿的精美,
只能说她手转如飞鸿,脚动似凤翔,
和着音乐节拍,舞步是如此的轻盈,
旋转伴随着鲁特琴的伴奏极为漂亮。
但是正像那些没有品尝过蜂蜜的人
不能知道滋味,这快乐也不能靠讲。
因为她的舞姿有种别样的美丽风尚。
随后他们会从那丰盛的餐桌旁起身
为把快乐滋养,一同来到那草地上,
这草地正如前所讲,恰似人间天堂,
这草地上欢乐无限,全靠上帝赐赏;
也让那些高贵的年轻人羡慕和向往。
只有无后的人把这看成是可怕之火,
因他们经历过失去孩子的巨大创伤。
快乐在他们生命中曾引起巨大悲怆。
他们每天祷告,视此样生活为孽障。
他们引为骄傲的是自己有第一美德——
或叫低调善举,我意思是——施舍,

---

① 指边境之王的妻子。

狄吉尼斯·阿克里特：混血的边境之王

但却不能按上帝意愿实现自己的希望。
而聪明的人，则给予上帝极大的感谢，
对自己所犯下的错误，他们勇于承当。

后来，混血儿的妈妈把恶疾染上，
在四天后便一病不起，气绝而亡。
他泪雨滂沱，痛不欲生，极度哀伤，
随即这个混血儿把母亲和父亲合葬。
要知道，她在丈夫死后又活了五年，
把世界上全部快乐和幸福都已品尝。
她是女人之光，完全配得上这赞扬。①
她曾经依靠自己的美丽打败了敌手，
从囚禁中让许多人获得了自由解放，
把和平和安宁赐予了那城市与村庄，
一切好事的开端都始于她来到世上。
她在神助下放弃了一切敌意和仇恨，
无论何时带来的都是欢乐而非悲伤。
她生养繁衍了一个美丽和高贵种族，
其碾碎了阿伽伦尼斯人的傲慢张狂，
抢夺了城市，将其并入自己的族邦。
在高贵的边境之王出生的时代之前，
埃塞俄比亚人胆大妄为进入这地方，
他们残暴地摧毁了罗马人多个城邦。

---

① 以下诗句似乎把对边境之王母亲和边境之王巴西勒的歌颂与对圣母玛利亚和耶稣的歌颂融为一体，从而体现出了东正教文化的特点。

这些起源于奴隶的种族要再被征服，
自由，只有这出生高贵孩子配得上。
他这个由那处女为我们所生的孩子
乐于为我们全体的美好自由而着想，
并开出了著名的、令人惊奇的药方：
那就是化敌为友。这才是从他那里
生出勇敢的顶点，混血的边境之王
就这样用宽容力量使敌人俯首就降。
他用此方法收获了许多美好的东西——
全部囚犯都付清了欠账，改弦更张，
作为奴隶也得到从前可怕主人原谅。
随后，他们的亲属带着巨大的欢乐，
和家人一起成群结队离开这个地方，
此后战争基本止息，只在故事中传唱。
在他的时代丝毫不知道战争为何物，
每个地方都是和平幸福和宁静安详，
所有的人都不停地感谢上帝的恩典，
所有人也都用"恩主"称呼边境之王，
赞美他是与上帝同在的伟大保护者和
领头羊。很多人在他统治下感到快乐，
更赞美圣父圣子圣灵三位一体的上帝，
这样虔诚的崇敬将永恒不绝万世流芳。

第七卷 他在幼发拉底河畔生活状况

第八卷

边境之王的结局

【巴西勒洗澡的时候得了病。临死之前他对妻子回顾了自己的一生以及他们之间的生活。他睡着了,他的妻子以为他死了,也随即死去。他醒后,看到她躺在那里死了,于是也死去了。名人们出席葬礼和表达哀悼。赞词。】

这个变化无常的世界里所有的快乐啊,
都会因被可怕的卡戎①带到地狱而减弱,
就像一场梦样虚幻,或像一个影子掠过,
生活中的全部财富更如同轻烟毁灭飘逝,
死亡也同样不会把非凡的边境之王放过,
一次洗浴事件引起了他生命历程的转折。

一次,朋友们从阿米达前来把他访问,
这都是他父系那边信奉东正教的贵客。
很多人辈分都在他父亲之上,告诫他
必须要坚定对基督正教的信仰和准则。
所有来的人都急切地渴望能够拜见他,
同时也想看看他的勇猛是否仍旧如昨。
因为他们中的一些人,就是在他父亲

---

① 希腊神话中冥河(斯图克斯河和阿赫隆河)上的艄公,专门载运死者的亡灵去冥国。

信仰和感召下转变成虔诚基督教徒者。
这些人，就像前面所说，前来把他拜谒。
他满怀着爱意高兴地把这些来宾迎接，
因为他们都是贵族和领主，地位显赫，
给予问候并让他们愉快住进舒适的旅舍，
这旅舍离他自己的住所仅有咫尺之隔。
好几天的时间里他都与他们待在一起，
每天都陪伴着这些来客外出狩猎快活。
看到他仍然那么非凡勇武和速度超人，
这些人都感觉到极度的诧异和惊愕。
比赛中被他发现的猎物都难以逃脱，
无论是狮子、麋鹿和其他各种野兽，
只要落到他的手里，都不可能再存活。
既没有猎犬跟随，也没有猎豹相助，
既不用乘骑快马，也不用刀剑兵戈，
捕获全部野兽就赤手空拳，孤身一个。

有一天，他下令把洗澡水准备停妥，
浴池就在这乐园当中，是他亲手建造，
为的就是能够和朋友一起沐浴享乐。
然而，巴西勒，这出色可爱的男子汉，
却得了非常严重的疾病，病入沉疴。
这种疾病，医生们称之为破伤风。
意识到病情危重，巴西勒离开了朋友，
回到自己卧室，就一头栽倒在床铺。

为了不让他那宝贝的女人哀愁烦恼，
他独自忍受着各种各样疼痛的折磨。
当疼痛变得难以容忍，他下意识地
发出喊叫，姑娘也意识到事情不妙。
伴着深深叹息，她说道："我的主人，
为什么不告诉我病痛正在把你煎熬？
亲爱的，为什么不讲你有多么烦恼？
你痛苦不对我说，只让我更加担忧，
你隐瞒自己病痛已让我的心都碎掉。"
他的呻吟对姑娘造成了更大的伤害，
尽管他本意不想让所爱的人徒添懊恼。
"折磨和压碎都没什么，我的灵魂呀，
只是难以忍受疼痛从骨头里面往外冒，
它撕裂了我的腰脊，肾脏和后背以及
骨髓与关节，这些部位让我疼得难熬。
请你马上叫一个军医前来给我治疗。"
转天一个军医匆匆赶到，摸了他脉搏，
从发烧症状中知道他的力气正在泯消，
严重的疾病已经让他的体能完全耗掉。
此后这医生只能暗自叹息垂泪把头摇。
这个非凡的男人知道自己末日将要到，
没和他再说什么，便命令他迅速离开，
然后立即把他的女人呼叫，因为医生
来时她躲进内室，她立刻向他这儿跑。
此时，他已喘成一团，叹息沉重说道：

狄吉尼斯·阿克里特：混血的边境之王

"噢,痛苦地向你诀别,我最亲爱女娇,
也向欢乐告别,世上所有幸福永别了!
坐在我的对面,用你眼睛把我尽情欣赏,
因你已没有更多机会把所爱的人观瞧。
我要从咱俩之间最初发生的事情说起,
你还记得吗?我眼中的光,亲爱的娇娇,
我独自一人是如何足够大胆带走了你,
没有畏惧你的双亲和他那众多的保镖?
在那黑暗的平原上,他们企图用武力
来强迫我们分离,噢,亲爱的,我们
是如何拒绝回头,而让他们全都报销?
我是如何把你的兄弟们从马背上摔下,
但没有让他们受伤,服从了你的劝告?
你是否还记得,我唯一选择是带走你,
没有贪恋你父亲给予的嫁妆和财宝?
亲爱的,那完全是出于对你彻底的爱,
所做的一切都是为了把你完全地得到。
你还记得吗,亲爱的,在柏拉托利瓦迪,
一条恶龙是如何在泉水边把你找到?
这个无耻畜生是如何企图把你诱奸?
你大声喊叫,召唤我快把你贞操护保。
我听到喊声是如何快速地跑到泉水边,
在那里,根本没想这是什么幽灵鬼怪,
在它喷火时把它几个脑袋全部砍掉?
我敢于去做这些事完全出于对你的爱,

我宁愿去死也不愿意你有丝毫的烦恼。
你是否还记得草地上遇到的那头狮子,
我的香甜的光,当我正熟睡时,不是它
扑上来想把你撕碎,你吓得高声尖叫,
当我听到你的喊声,立即就一跃而起,
冲上前去把它杀死,让你没被伤分毫,
亲爱的,它利爪下谁能不胆破魂抛?
然后,当我弹奏鲁特琴一起欢娱时,
你的歌声引来爱奥那克斯那伙歹徒,
他们不知羞耻来到我们跟前把乱捣,
竟胆大包天地想从我身边把你抢跑。
亲爱的,后来发生的事你已经知道:
不需再睡觉,我送他们去地狱报到。
我做的这些事情都是因为对你的爱,
为爱可不要世界,也可把生命弃抛。
你应记得,亲爱的,这些胆大狂徒,
费洛帕波斯、凯纳摩斯、爱奥那克斯,
都以勇猛著称,名字曾让世人赞褒。
在河边他们是如何看到我手无寸铁,
三人却骑着马,全副武装,极其凶暴?
他们看到你在我的面前出现的时候,
不是那么急切地想让我的生命报销?
你对我呼喊救命时,不是听到我说:
'拿出勇气,亲爱的,我们不会分隔!'
你不是看到,我由此变得多么强大,

狼牙棒打得他们头破骨折,胆寒心跳,
然后他们羞愧的认罪,乞求把命保?
我做的这一切全来自对你极度的爱,
我的甜心,这样你才能全部属于我。
难道不是我把那马克西莫打下马来,
随即杀死了那些跟随她的兵勇喽啰?
后来,又被你的话语说服,转身回去,
偷偷地杀死了她,难道没和你说过?
还有很多其他的事情都因爱你而做,
我的灵魂呀,目的是把你完全赢得。
但现在我已失去路标,丧失了希望,
无需怀疑,我确实已经走向死的寂寞,
那不可征服的卡戎彻底地打败了我。
亲爱的,地狱将把我和你的爱分隔,
一抔黄土将会掩埋我,不能忍受的
巨大痛苦和悲伤将伴随你的寡居生活。
但我又多么哀叹你的悲伤,亲爱的?
如何安慰你,我这离开阳世的陌生客?
妈妈会为你哭泣,爸爸该多么怜悯难过?
兄弟们看到你这样,难道你会心安理得?
噢,最亲爱的,把我下面的话刻在心底,
不要忽视我最后的愿望和嘱托,那就是
此后你可以过不需让任何人担心的生活。
我也知道你将不会容忍你那寡居的状况,
所以,我死之后你要再寻找另一个丈夫,

因为青春的激情也一定会强迫你这么做。
看来,你不会被财富和名声把方向搞错,
要去嫁给个勇敢、胆大和高贵的小伙儿,
你还会和以前一样君临世界。亲爱的!"
他说话时眼含泪水,然后停语沉默。
这姑娘从心底里发出了痛苦的悲叹,
热泪顺着脸颊奔淌而落,把话言说:
"我的主啊,"她说道,"我的希望在
上帝和那贞洁无暇的圣母身上寄托。
直到死,除你之外都不会有人认识我,
上帝将很快把你从可怕心病中解脱。"
说完这些话,她走进了里面的密室,
向上伸展开双手,眼睛凝望着东方,
泪雨滂沱,泪水如注向地板上跌落。
她祈祷至高的上帝,把以下话儿说:
"主啊,上帝,是**你**创造日月时间,
是**你**创造了坚固的天空和大地基座,
靠**你**的'道'使世界万物秩序井然,
是**你**用黏土照自己形象把人类制造,
你在'无'中把世界万物创造贴妥。
尽管我不配,也请**你**倾听我的祈祷。
我知道**你**曾怜悯瘸子让他站立行走,
也曾经把百夫长的小女儿重病医好,

第八卷 边境之王的结局

狄吉尼斯·阿克里特：混血的边境之王

拉撒路陈尸四天后仍从坟墓里复活①。
所以此刻请你拯救一个青年的绝望，
用你的善来悲悯我自己的怜悯之邀。
基督啊，请对你那年轻仆人行怜悯——
尽管我们曾犯下大量罪孽，噢，圣灵，
完全不值得让你对我们宽容和饶恕。
但是，仁慈的主，请接受一个痛苦人
的祈祷，把这个青年拯救出绝望泥淖。
别忽略我的眼泪，让天使把快乐带到。
仁慈上帝，请在我的放逐中施以怜悯，
可怜我的孤独，让他的生命复活再造。
假如你不愿意，全能的主啊，就下令
在他死之前让我生命之火首先熄掉。
他被死亡和孤寂牵走惨像别让我看到，
更不想看到众人把这样一个男子汉
气概的人任意摆布、横竖交叉捆绑、
眼睛被遮盖、奔走如飞的脚被缠绕。
请你绝不要让我去遭受这样的苦恼，
噢，上帝，圣母哟，这些谁能做到！"

怀着颗破碎的心，姑娘进行着祈祷，
同时，她也注视着边境之王，看到
他此时已沉默无语，灵魂似已离窍。

---

① 参见《圣经·新约·福音书》中的有关章节。

实在难以忍受这样极为巨大的悲痛
和无限的失望,她随即一头栽倒在
所挚爱的青年人的身旁,命殒魂消。
姑娘生平从没有经历过这样的哀痛,
因此难以忍受这巨大悲剧突然来到。

随即混血的边境之王从睡眠中醒来,——
由于上帝的怜悯,他没有死还活着——
他看到姑娘倒在身边,用手摸摸她,
发现她难以置信地已经魂断气绝了。
他说道:"赞美上帝把一切安排好!
我的灵魂不会再有无法忍受的痛苦
即把她独自留在这世界上的担忧和
我作为一个陌生人不能爱她的苦恼!"
把双手交叉成十字,这高贵的青年
也将他灵魂交给了上帝派来的使者。
两个杰出青年生命就这样同时结束,
就仿佛他们生前已经把这结局约好。

一个来上酒的男孩看到他们都仙逝,
悲伤地哭泣着立即把情景向全家的
仆人宣告,他们随之把这个消息发表;
不久这信息就被四面八方人们所知晓。
紧接着有许多统治者从东方赶来悲悼:
其中包括着查尔扎尼、卡帕多西亚、

狄吉尼斯·阿克里特：混血的边境之王

布库拉利奥特、普丹迪特斯、塔斯提斯、
马沃尼特、巴格达和巴斯利亚克的首脑。
很多贵族从巴比伦和阿米达蜂拥前来
出席边境之王的葬礼，表达由衷哀悼。
聚集这里参加吊唁的人可真为数不少，
房屋庭院的外边都被人站满难以挪脚。
谁有能力唱出他们自己的耶利米哀歌？
谁能数清流出眼泪、哭喊数量有多少？
每人似乎都成了只顾自己悲痛的事外者。
他们撕扯头发、拔扯胡须，不停地哭号：
"让大地震动吧，让整个世界都来哀悼，
噢，太阳，变昏暗吧，隐藏起你的光耀，
变黑吧，月亮，不要再显示你光的火苗，
所有星辰都熄灭吧，你那灯火的航标——
尽管是这些灿烂的星辰把全世界照耀。
巴西勒，这个混血儿——青年人的楷模，
和他拥有的配偶——全世界女性的骄傲，
在同一时刻，突然从这个世界陨落消逝。
来吧，你全部朋友和真正喜爱的勇敢者，
来为高贵的和大胆的边境之王哀歌悲悼。
悼念这个让一切男人都害怕的英雄离世，
在活着的时候，他曾让敌手们闻风而逃，
给世界带来了长久的和平与深深的安宁。
到来吧，女人们，为你们的美丽而哭泣，
你们这些靠美丽和依赖年轻炫耀的女人，

更应把这更美丽和更为纯洁的姑娘哀悼。
呜呼,我们看到了什么?看,是两盏灯
照亮了世界,那是他们生前竖立的尺标。"
这些在哀悼时说的词语以及类似的话,
为他举行葬礼时就被当成了哀歌挽调。

当葬礼上的赞美诗被全部唱完之后,
他们家里所有东西都向穷人进行施舍,
夫妻二人遗骸被埋葬在一个墓穴安卧。
大家在路边不远的地方为他们建立了
一座纪念碑,确切地点就在特洛西斯。
边境之王的坟墓上,矗立着一个拱顶,
是用流纹斑岩建造,以便人们从外面
就可以祝福赞美这美丽的夫妻两个。
从远处就可以看到山脊墓地的巍峨。
(因为站得高看得远的道理谁都懂得。)
然后,聚集到这里的人们都走上前去,
那些权贵、统治者和出席葬礼的宾客
把众多的花圈环绕着放置在坟墓四周,
难以控制的泪水再次飞抛,又把话说:
"看哪,下面躺着的是勇猛者的心脏!
看哪,下面是混血的边境之王的灵柩,
他不愧是是父母的皇冠,青年的楷模!
看哪,下面安卧着的是那罗马之花,
他是帝国皇帝的光彩,是贵族的荣耀,

狄吉尼斯·阿克里特：混血的边境之王

他是让狮子和全部野兽害怕的恐怖者！
噢！噢！这样一个勇猛者发生了什么？
上帝，他的力量在哪儿，勇气在哪儿？
他名字产生的无比恐惧再到哪里寻找？
可以说，仅仅是混血边境之王的名字，
就会让所有的人发抖恐惧，胆小怯懦，
因这青年从上帝那里接受了这样荣耀，
这也是他的名字就能击溃敌人的奥妙。
因此当这个非凡男人外出狩猎的时候，
全部的野兽都会向沼泽地里拼命而逃。
但现在他却被一个小小的坟墓所囚禁，
看起来对一切都无能为力和闲置空耗。
谁如此无耻地胆敢把他的力量约束？
又是谁如此强壮把不可征服的他打倒？
只有心怀报仇的死神，附之各种疾病，
和被三次诅咒的卡戎，联手才把他毁掉。
地狱贪得无厌，加上三个谋杀者操刀，
这三个家伙对每个年龄的人都不人道，
让所有美丽的凋谢，使全部荣耀毁消。
它们既不宽恕年轻，也不尊敬那年老，
既不惧怕强大者，也不给富人以荣耀，
它们毫不怜惜美丽，反而让其变成尘埃，
把美好事物都变成臭气熏天泥土一抔。
现在它们联手抓住了非凡的边境之王，
坟墓成了主宰，泥土让他的生命蚀消。

他可爱的肉体,呜呼,成为蛆虫的佳肴,
地狱正让他雪白肌肤变成萎缩的丝绦。
凭什么能知道这样场合也会轮到我们?
通过亚当抗命和上帝的审判就会知晓。
但是,噢,至高的上帝,这样一个战士,
他是如此年轻,如此可爱,如此美好!
为什么让他去死而不是让他永远活着?
'没有人会永生,'上帝天父曾经说道,
'没人领会死亡,因为生命短暂无聊。
眼前的事物瞬息万变,荣耀更是徒劳。'
基督啊,整个世界上谁像他这样死去?
这青春的花朵,勇敢者的光耀和自豪。
基督啊,让他复活,带他的灵魂回巢,
让我们再看看他挥舞着狼牙棒的英姿,
然后我们愿立刻去死,没有人贪生活着。
祸哉,美好事物偏生在这错误的世界,
祸哉,喜悦、快乐和青春都与当今错位。
呜呼,对那些有罪而没有忏悔的人和对
那些诚信青年,死神力量都同样炫耀!"
他们用这种或类似的方式进行了哀悼,
然后那些为纯洁躯体举行葬礼而聚集在
这里的英豪,踏上返回各自家乡的故道。

但耶稣呀,全能的王,万物的造主,
拯救高贵的巴西勒,这深受爱戴的子孙,

也拯救他那如鲜花一样盛开的美丽配偶,
及一切喜爱生活在东正教信仰下的信徒。
当你亲临大地去进行灵魂审判的时候,
噢,我的上帝,请把无辜者拯救和保护,
用你的右手去把这些温顺的羔羊放牧。
我们已经从你那里获得了宝贵的生命,
请赐予我们力量,敌人面前受你庇护,
所以,我们将赞美你那纯洁的伟大名字,
即圣父、圣子和圣灵的"三位一体",
三个位格本质归一,坚定不移,永不糊涂,
长久无限,世代永恒地把你虔诚信奉。

——全诗完——

附录一　巴西勒妈妈的故事[1]

我那最亲爱的和最爱恋的孩子啊，你常常催促我用文字为你书写出那个双重血统的边境之王的功业。因此听到你的消息让我感到羞愧，我马上开始动笔为你去写混血儿和他的双亲所做过的那些全部的勇敢的行为和那极为非凡的事情。现在，我将在此把这个故事开讲。

巴西勒，这混血的男儿是一个边境贵族，来自于卡帕多西亚。所有人知道的是，生养他的母亲的那个基督教徒祖先[2]，十分的富有教养、

---

[1] 此故事片段来自安德罗斯岛的版本。
[2] 这里指的是边境之王巴西勒的外祖父。下面的两段诗句都说的是他外祖父和外祖母的事情。

狄吉尼斯·阿克里特：混血的边境之王

人长得又极为英俊漂亮和富有非常，
还有皇家血统。这些所有人都知详。
他部分时间住在安纳托利亚和罗马，
最初生命是来自卡帕多西亚那地方，
另一部分时光在叙利亚那可爱家邦。

正是从那些杰出的和勇敢的贵族中
涌现出他外祖父这非常伟大的君王。
他既勇敢又大胆，从出生起就富有
异常，杜卡斯家族也给他带来声望。
对他的名字，我也许能够说得清楚，
在叙利亚的方言中一直被叫做亚伦①，
但在希腊语中则名之为安德罗尼柯。
因此这非常了不起的和英俊的国王，
也成了被上帝和人类都爱戴的榜样。
他无可指责，淳朴诚实有坚定信仰，
他和他夫人只靠上帝的律法而活着。
他的妻子②来自基督教家族，她父母，
具有皇族血统，是马甲斯坦尼儿孙。
至于她名字，一直被叫做安娜姑娘。

这对父母也生出自己的孩子，都是男孩，
心满意足，家族兴旺，五个都神勇异常。

---

① 亚伦，《圣经》中犹太教祭司之称谓。
② 指边境之王巴西勒的外祖母。

但是这对父母灵魂和心脏,在某一点上
常感到刺痛,因为他们缺少一个女儿。
很长时间里他们都祈祷上帝和圣人,
耐心地等待着上帝对他们的回赏,
盼望给他们送来一个可爱的女郎。
上帝垂听了他们的祷告,也满足了
他们的愿望,在皇后的子宫里,此时
孕育了个胚胎,是令人惊艳的小娇娘。

国王叫来了一个预言家,让他去
预测是否真假,并且要去告诉他
王后所孕育的到底是不是个女郎。
这个预言家非常睿智和令人惊奇,
立即向国王报告了事情全部真相:

"最令人敬佩、高贵的英俊国王,
皇后,即你的夫人,怀了一个小孩,
这孩子出生将会带给你巨大的欢畅,
真的,正如预兆所说,这是个女郎。
但你只要谨慎小心地提防,这个女孩
在她十二岁的时候就不会陷入情网。

因为一个埃米尔将要从她的兄弟们
和父母那里把她抢走,做自己新娘,
但那之后他将改信基督教的信仰。

狄吉尼斯·阿克里特：混血的边境之王

所以你必须为她建所非凡的宫殿，
一切都要新鲜美酷和明亮，充满
乐趣，把你女儿放在这可爱地方，
这样她的意识就能不趋向爱的方向。"

经过了漫长的九个月的怀胎过程，
到了生产的时刻，一个女孩出生，
她活力茂盛，肤白如雪，极为漂亮。
她的父亲，即国王也是高兴异常。
王后也和他一起开心兴奋，全部人，
包括领主总督和平民都喜乐飞扬。

在那神圣庄严的洗礼仪式之后，
可爱的女孩被父母命名为伊林娜①，
事实上，在她成长的全部时日里，
受到保姆和高贵夫人们妥善照拂，
她们发亮眼里她像太阳闪烁光芒。

她长到七岁年华的时候，那国王，
即她父亲内心担忧开始极大增长，
他要采取适当措施保护自己的女儿，
以免她心血来潮走向爱情的泥塘，
再从那激情的疾病发展成为死亡。

---

① 取自希腊语中和平女神之名。

因此在一个宽敞明亮、美丽和迷人,
有新生的树木、白纱般霜雾和雪白
流水并有欢乐喷泉水汽蒙蒙的地方,
在那里还有夜莺欢鸣和燕子的歌唱,
国王下令去建造一座华丽的宫殿,
随即建起座奇妙宽大的三层楼房。
在他所建造的那所壮丽的宫殿里,
他们囚禁了这流了许多眼泪的少女,
以防止她被一系列情感疾病所伤。

国王给了她三个保姆去与她生活,
十二个贵妇还有五十个女奴姑娘。
并告诉保姆们必须检查她的书信,
以防止她接受从别处传来的思想。

他还给了三千个萨拉森年老士兵,
去看守墙四周的大门,放哨站岗,
以使爱神的箭镞不能找到进入口
去伤害她心灵让她堕入荒唐情网。
这个辉煌的宫殿规模极其的庞大,
仅留下的一个小门还用铁链锁上,
这都是国王本人意愿,门总锁着,
他亲自关闭了一切,密封了宫房。

根据他的设计其中还建造个内花园,

狄吉尼斯·阿克里特：混血的边境之王

我猜想，无论你从外边何处向里偷窥，
你的脑子会惊讶，意识会晕眩恍惚。
（在这里他简直造了个非凡的大西洋①。）
池塘的四周到处都安置了用白银材料
制作而成的孔雀和鹧鸪、白鹤与鹦鹉
以及天鹅与斑鸠等各种鸟雀儿的雕像，
每种鸟儿的雕像都能发出鸣唱的声响。
在它们旁边是些活生生的鸟儿在歌唱。
这些机械做成的无意识的鸟儿们正和
那些有情感、有生命的鸟儿竞相争鸣，
在一起生机勃勃地、快活婉转地歌唱，
它们歌唱的旋律，让人们神清气爽。
大池塘中间还有着十二个独立的小岛，
每个小岛上都有一种类型的树木生长。
每一种树木都散发着自己的魅力之光。
他们还为她在花园中建造了一个浴房，
你会惊叹这个浴池似艺术作品的模样。
浴房里的浴盆是用那青铜制作而成，
在宫廷的外面他们建造了一个火炉，
并把巨大管道安装在全部青铜浴盆上，
外面的火炉和那青铜的浴盆相连接，
当外面青铜管道被烧得发红的时候，
浴房里边便一直保持着升腾的热量。

---

① Big Pond 意思是"大池塘"。但在俚语中，大西洋亦作 the big pond。

浴房的水也从那些精密仪器中喷放。
实际上，国王希望他女儿因此能
不会被那纯粹的爱情眷恋和迷狂。

这个少女终于长到了十二岁的年华，
即到了那预言家对她所预言的年龄，
此时她的美丽远远胜过了天上月亮，
柏树一般秀拔的身材，可爱又舒张。
她完全遏制了爱情，她的情感和态度
仿佛从来就没有显现出改变的模样。
只有游戏和微笑被认为是非常重要，
在花园中她总是被看到游玩得很晚，
常常是从一个地方再到另一个地方。

她的脸庞如此明亮，白皙得晶莹剔透，
脸色微红，足以媲美玫瑰花的开放。
当她微笑时，眼珠有点儿微黑明亮，
但当她双目张开时，激情往外流淌，
充满最甜蜜的爱的风流神韵和魅力，
总是听任于那爱的情感的自然张扬。

在她那风情万种的灵敏的反应中，
透露出她的爱的自然情感的激昂。

她内心深处停留着丘比特①的弓箭,
她若射出,会射穿每个青年人心脏。
因为她的形状超好,犹如太阳光芒,
一个人假如去凝视她,一直看着她,
就会失去理智,爱之情感敏锐异常。
让人瞬间灵魂丢失,变成行尸模样。

她的眼睑很神奇,好像描画的一样,
她长着可爱的头颅,头上秀发很长,
秀发的长度甚至比她的身材还长。
嘴唇甜湿丰润,如染有红色的彩妆,
一次激情的亲吻就会让人缴械投降。
浑身魅力像充满神韵的泉眼在喷放。
她圆圆的脸上生长着那可爱的下巴
和珍珠般的牙齿,魅力像孩子一样。
她的脖颈尺寸适中,四肢比例相当。
少女的这一切都是上帝恩典的礼物,
有谁还能数出来另外一个和她同样?

在她学习到那爱情的魅力课程之前,
她看到丘比特的弓箭围绕在她四方,
但直到很晚,她还认为爱情邪恶异常。
虽然她看到爱神的画像时也很欣赏,

---

① 丘比特,罗马神话故事中的爱神。

认为画像中的丘比特不过像个孩子,
肤色粉红,年轻温柔,圆脸像苹果,
拿着一个强大的弓并用力向后拉张。
他的箭镞正对准着一个青年射出,
可怜的青年站在那儿等待着受伤;
青年胸部裸露,箭镞扎在他心房。

她想知道爱神为什么会长着翅膀,
便去找她的保姆和贵妇们问端详:
"这个人是谁?看起来那么恐惧、
可怕、伟大、强大、有力和张扬。
还带着火,把弓和箭拿他的手上,
还有墨水和笔?难道他在牵引着
男人和女人的脖子时还要去写字?
牵着可爱姑娘就像控制斑鸠一样?
他那么令人畏惧,是众多人的主宰,
凶猛如狮子,残忍、野性、嗜血如狂,
对世上的人有着巨大的控制力量。"

这些保姆中的一个人立即对她讲:
"你所看到的,小姐,或你所赞美的
就是力量强大,非常可怕的爱之王。
人们都把他叫做令人心碎的爱神。
迄今没有人能逃脱他燃烧的弓箭,
大小人物他都让其把三重奴隶当。

若有人逃脱，爱神会展开飞快翅膀，
把烈火和雷霆抛入他的心房，然后
射击，并定会把这人朝那地狱送往。
但爱神盲目的时候，就像常见那样，
他捆绑人，束缚人，使人变得贫穷，
还会把其名字写在三重奴隶卡片上，
一个被奴役的奴隶，从事三倍奴役，
无论有什么人碰见并落在他的手中，
立刻会失去意识，生命会毁灭死亡。"

此刻，当那个渴望少女听到这些话，
她热切地大笑着，对着她的保姆说：
"我自己根本就不害怕那强大的爱神，
尽管他有灼人火焰和狮子般的力量。"

太阳落下西边山梁，时间来到晚上，
姑娘去了她的房间，随即进入梦乡，
然而，令人敬畏的爱神则向她开战，
他向着姑娘射出箭矢，点燃了火光。
射中了她的心，并把她一切都烧伤。
在她熟睡时，他愤怒地对姑娘开讲：
"告诉我，你怎么胆敢小瞧我的脸，
为你的冒失难道就没有战栗惊慌？
为什么你不跪倒在我的脚前乞求？
我已经把你开列入我奴隶的名帐。

并把你作为我的三重的奴隶已写下，
和同龄人相比你被放在了第一行。
你这傻瓜！你希望逃避爱神的追逐，
但世界上哪有爱神不能去的地方？
难道你不悲伤，或想知道他是什么？
难道你的心就不疼，就不燃烧发狂？
我同情你，为你的美丽而叹息感伤，
在你的爱情时间到来前你不会枯亡。
我将亲自带领你，并教会你去恋爱，
如你逃跑我将捉到你，用我的翅膀。
你看看我的火焰，它们会把你烧光。
你看看我的箭矢，它们会把你射伤。
如果你是，或将是个不听话的奴隶，
我会召唤我的刽子手前来将你带走，
因此，你将能体会那瘟疫般的渴望。"

她熟睡时爱神说了这番话，这灵魂的
窃贼还拍打下翅膀，弄出来很大声响，
这可吓坏了女孩，然后爱神远遁他乡。
少女在惊骇中立即从梦里醒了过来，
她的那些保姆马上跑过来急急忙忙。
那些个贵妇们也过来围拢在她身旁。

随后，她把梦里的可怕事情告诉他们。
她说完自己的故事后，恐惧已经消散，

姑娘描画出了她所看到那爱神的影像,
然后哭泣着乞求,无数次亲吻那画像。
她不停地悲叹并哭泣着把话对爱神讲:
"爱神,可怕的有着金翅膀的君主呀,
你有巨大的力量把我们的心弦拨响。
你的规则令我发抖,你的愤怒让我张皇,
我简直不能忍耐你那令人敬畏的力量。
现在我祈求你,真诚地请你把我宽容,
对我所冒犯你的一切也请求你的原谅。
更别惩罚我那看来是纯粹的胡思乱想。
那一切都是来自对你的轻视所产生的
愚蠢无知和孟浪。我的主人和君王!
我从来没有想到你会这样的对待我,
这也是为何我对你说话方式如此轻狂。
如果我冒犯了你,请原谅我吧,爱神!
你让我首次感到害怕,请把我体谅!
我是你的奴隶,请相信这出自衷肠!"

这少女完全不顾对爱神的恐惧,说出
这些话语,就像和其他人对话一样。

她不知道她强烈的爱情即将到来,
她的激情、欲望、朝气和爱意会怒放。
这强大的火焰将要从她思想中发散到
英俊男人身上并大胆增长。她看来已

喜欢英雄,看着他们就像看宝石一样。
她把自己关在内室,对着镜子中的影像,
卖弄风情、又跳又唱,媚态百样,就像
支配一切的君王。她坐在她的宝座上,
在镜子中欣赏自己修饰得美丽的脸庞。
她的眼睛是太阳,眉毛就像新月一样,
她的美丽可爱,皮肤白皙得比雪更强。

谁见过这个女孩如此苗条,温柔,如鲜花形状,
每天晚上她都情感流露,像宝石闪烁发光。
谁会像她那样蒙恩,洁白的如那精美的珍珠?
伴随着爱去忍受和被凝视,纯洁得像斑鸠一样,
对勇敢的年轻人而言,你选择宝石中的哪一方?
虽然她还年轻,温柔,只有十二岁,身材细长,
尽管她纯净得如空气,但勇敢和坚定也在增长,
她会在不断长大和战斗中,具有狮子般力量。
带着多情眼神,她窥视那些强壮的年轻儿郎。
这是个被魅力和美丽充盈着的可爱的少女,
就像只鸟儿,在一个笼子中度过了幼年时光。

到目前为止,她的成长也真是令人惊异,
但后来这女孩则开始呼唤和谈论一个男人,
这男人柔和的外表如同清新并可爱的玫瑰,
很瘦长、很高挑,就像挺直的龙柏树一样。

恰恰像一只斑鸠①,他的爱一直保留在某处。
因他有个坚定观念:在婚姻中更有快乐得享。

第一卷在此结束,但我们要保留着歌唱
气氛,在第二卷中再把姑娘的婚礼歌唱。

---

① 在西方文化中,斑鸠象征忠贞不变的爱情或友情。

附录二　对费洛帕波斯的一次访问[①]

现在这个英俊的、高贵的混血儿[②]
长到了自己的男子汉的标准阶段,
他成为了合格的男人中间的样板。
一天,他起身跨上了自己的战马,
拎起他的长矛枪,拿起他的大棒,
聚集了他的兵勇,带上他的人员,
大家艰难地行进在那条大路上面。
他们听到很多有关勇武歹徒的事,
歹徒占据通道,把男人行为摆显。
他渴望去知道这些人是何方神仙。
于是他只身前往,在一处芦苇河床,
看到有个狮子铺摊在地上,正在被
爱奥那克斯剥皮,他是非凡男子汉。

---

① 此故事片段来自安德罗斯岛的版本。
② 指边境之王巴西勒。

那混血的边境之王看着这头狮子,
从他的灵魂深处发出感叹,说道:
"是我的眼睛看到这勇敢的人吗?"

然后他找到那如水男孩样的歹徒,
详细询问他关于其他歹徒的状况。
如水男孩嘟囔着对混血儿把话谈:
"我的好青年,你为何要当罪犯?"
面对着这歹徒,边境之王回答道:
"我希望自己能够把歹徒来干!"
随之,他带着那混血儿一起去了
这伙儿罪犯的那奇怪和可怕巢穴。

在巢穴里,费洛帕波斯正躺在床上,
床的上下有各类野兽的皮毛铺垫。
巴西勒,这边境之王立即鞠躬向前,
向老家伙表达了敬意,笑容满面。
老费洛帕波斯看到此情景对他说:
"欢迎年轻人,若你不把我们背叛。"
巴西勒随即转身回答道:"我不是
那负义之人,决不是。我是要成为
这儿一个歹徒,才来营地和你相见。"
这老家伙听到这样的话,回答他说:
"如果你想以成为一个罪犯而自吹,
就带着你的大棒,去下面先把岗站。"

然后,你如果能够斋戒足够十五天,
且不能够睡觉,甚至不能合上双眼。
那之后,你还需要离开去猎杀猛狮;
假如你能够带着狮子皮再回到这里,
或者你能够重新回到这里把岗来站。
当王子和他那群人带着新娘和新郎
通过这里的时,若你能在他们中间,
抓住那新娘,并能带到我们的面前,
那时你若愿意,才能成为我们一员。"
此刻,混血儿听到这些,他回答道:
"别说了!我做这些就像孩子在玩。
我只告诉你,老费洛帕波斯呀,我
能从山坡的下边向上飞跑逮住野兔,
或者伸展双臂抓住那飞翔的鹪鸪雁。"

随后,老费洛帕波斯命令他的伙伴,
搬来一把银椅子,让混血儿坐上面,
他们一起围坐在他面前的桌子旁边,
全都吃喝得非常愉快,热火朝天。
喝多后他们每个人都争抢地吹嘘,
自己能够打败好多个勇敢男子汉。
此刻,老费洛帕波斯问边境之王:
"年轻人,你能够打败多少好汉?"
巴西勒按自己性格很快的回答道:
"来吧,小子们,让我们都拿起

自己的铁头木棒,找个平坦地点,
大家一起来玩一个打木棒的游戏,
谁赢了,他的木棒就归这人保管。"

他们全都拿起了各自的铁头木棒,
包括大力的爱奥那克斯和凯纳摩斯,
混血的边境之王也和其他人同样。
他们一起走到了那个平坦的地方,
彼此间开始玩起相互击打的比武。

紧接着巴西勒出场,这个混血儿
拿起他的铁头木棒走到他们中间,
扣了一个响指,抡起木棒打下去,
那些勇敢的人的手立刻变得松弛,
那些人的木棒都到了混血儿手上。
他立刻来到老人的跟前,对他讲:
"噢,老费洛帕波斯,拿回去吧,
若你不生气,我的能耐和你同样!"

当他做完了这些后,这边境之王
回到了他的同伴们等他的路上。
他们返回到了自己的营地之后,
所有的时日边境之王都很欢畅。
非凡的巴西勒,勇敢者的荣光,
同他进行战斗的人无不战栗惊慌。

译名对照表

Aaron 亚伦
Abasgia 阿巴西吉亚
Abydos 阿拜多斯
Achilles 阿喀琉斯
Agamemnon 阿伽门农
Agarenes 阿伽伦尼斯
Alexander 亚历山大
Amida 阿米达
Ambron 安布罗恩
Amorium 阿摩里乌姆
Anatolikon 阿那托利克
Anna 安娜
Ancyra 安卡拉
Andros 安德罗斯
Andronicus 安德罗尼柯
Antakinos 安塔基诺斯
Antiochos 安提库斯
Aphrike 阿菲里克

Armenia 亚美尼亚
Assyrians 亚述
Babylon 巴比伦
Bagdad 巴格达
Basil 巴西勒
Batheyrryakites 巴斯利亚克
Bellerophon 柏勒洛丰
Blattolivadi 柏拉托利瓦迪
Buccoellariots 布库拉利奥特
Brahmans 婆罗门
Candace 坎达丝
Cappadocia 卡帕多西亚
Chalkurgia 卡尔库奇亚
Charon 卡戎
Charzianians 查尔扎尼人
Charziane 查尔扎尼
Chrysoverges 克鲁索维格斯
Chimaira 基迈拉

狄吉尼斯·阿克里特：混血的边境之王

Chosroes 科斯罗伊斯
Constantine 君士坦丁
Cyclops 库克罗普斯
Darius 大流士
Demetrius 狄米特律斯
Dilemites 迪勒米特人
Ducas 杜卡斯
Eudocia 尤多希娅
Ethiops 埃塞俄比亚人
Emir 埃米尔
George 乔治
Goliath 歌利亚
Haplorrabdes 哈普劳拉迪斯
Hector 赫克托尔
Heracles 赫拉克勒斯
Hexakomia 赫克萨科米亚
Homer 荷马
Ioannakes 爱奥那克斯
Iconium 以哥念
Irene 伊林娜
Ishmaelites 以实玛利
Joshua 约书亚
Karousades 卡鲁萨泽斯
Karoes 卡洛埃斯
Kinnamades 肯纳马德斯
Kinnamos 凯纳摩斯
Kufah 库费
Lakkopetra 拉科彼得拉

Leander 里安德
Magastrani 马甲斯坦尼
Mavrochionites 马沃尼特人
Mavronites 马沃尼特
Maximo 马克西莫
Meferkeh 迈菲克
Melanthia 米兰西娅
Melementzes 莫里马塔斯
Mellokopia 麦罗考皮亚
Moses 摩西
Mousour 蒙苏尔人
Mourses 穆尔塞斯
Naaman 乃缦
Odysseus 俄底修斯
Panomos 帕诺摩斯
Panthia 潘提亚
Penelope 珀涅罗珀
Philopappos 费洛帕波斯
Rachab 赫拉哈布
Podandites 普丹迪特斯
Samson 参孙
Saul 扫罗
Saracens 萨拉森人
Scythian 斯基泰人
Smyrna 士麦那
Syria 叙利亚
Taranda 塔兰达
Tarsus 塔尔苏斯

Tarsites 塔斯提斯　　　　　　Trogldytes 特洛古罗杜特人
Theodore 西奥多　　　　　　　Theodores 泰奥多雷
Trosis 特洛西斯

后 记

本汉语译本是依据《狄吉尼斯·阿克里特：混血的边境之王》的第三个版本，即格罗塔弗拉塔（Grottaffrrata）版本（简称 G 版本）的英文译本为底本翻译而成的。英文的译者和研究者是美国学者丹尼森·宾汉姆·赫尔教授。赫尔教授毕业于哈佛大学的哈佛建筑学院，也是塞萨洛尼基美国学校基金会董事。获得过众多的荣誉，包括曾获得希腊政府金十字和菲尼克斯嘉奖令。除了英译本《狄吉尼斯·阿克里斯》的整理和翻译外，他还用英文翻译了《伊利亚特》和《奥德修斯》等希腊史诗作品。

在决定翻译此书过程中，我曾经得到过著名历史学家，东北师范大学历史文化学院朱寰教授、中国社会科学院荣誉学部委员吴元迈研究员等老一辈专家的热情鼓励；也曾经与从事拜占庭国内历史文化研究的学者、东北师范大学历史文化学院的徐家玲教授商讨并向她请教过一些拜占庭历史事实和文化概念等问题。她还曾经把她写作的一些相关拜占庭历史著作给我拜读，使我在翻译过程中受益匪浅。初稿翻译完成后，我把英文版本和我的汉语译稿交给了东北师范大学英语语言专家杨忠教授，请他对译稿把关。

他提出了很好的意见和建议并对译文的质量给予了热情的鼓励。我校古典文明研究所副教授王绍辉博士，在哈佛大学访学期间为我做了很多文本校对和查找注释材料的工作，尤其是他利用能够熟练使用希腊文和熟悉古希腊文献的优势，订正了英文译本的原有错误。在交付出版社之前，他又再次为我系统地校阅了全部译文和注释。可以说，这个译本凝聚着许多人的心血。在此向他们表示衷心的感谢。

经过两年多的资料研读和一年多时间的翻译以及打磨，这本译稿得以面世。出版之际，还要衷心感谢北京大学出版社张冰、朱丽娜的大力帮助。初次翻译这样一部有难度的作品，错误一定很多，我期待着同仁们的批评。

译者
2017年2月